Bás in Éirinn

MAY YOU DIE IN IRELAND

Bás in Éirinn

MAY YOU DIE IN IRELAND

In eagar ag | Edited by

AODÁN MAC PÓILIN
RÓISE NÍ BHAOILL

IONTAOBHAS ULTACH | ULTACH TRUST

Céad fhoilsiú I First published in 2011

Iontaobhas ULTACH I ULTACH Trust
6–10 Sráid Liam I William Street
Ceathrú na hArdeaglaise I Cathedral Quarter
Béal Feirste I Belfast
BT1 1PR
www.ultach.org

ISBN: 978-0-9555081-2-7
Bás in Éirinn I May you Die in Ireland

Dearadh I Design: Dunbar Design
Léaráid Chlúdaigh I Cover illustration: Besheer Abbaro

Faigheann Iontaobhas ULTACH tacaíocht ó Fhoras na Gaeilge

Clár | Content

Réamhrá | *Introduction*   vii

Pádraic Ó Conaire
  An tSochraid Cois Toinne   2
  The Funeral by the Sea

Seosamh Mac Grianna
  Ar an Tráigh Fholamh   14
  On the Empty Shore

Séamus Ó Grianna (Máire)
  Grásta Ó Dhia ar Mhicí   28
  God Rest Micí

Pádraic Ó Conaire
  An Comhrac   74
  The Combat

Liam Ó Flaithearta
  An Beo   82
  Life

Séamus Ó Grianna (Máire)
  An Chomhchosúlacht   102
  The Double

Daithí Ó Muirí
  Uaigheanna   118
  Graves

Nóta ar na Téacsanna   154
Nótaí agus Buíochas   156
Gluais | *Glossary*   158

Réamhrá

Sa réamhrá do *The Granta Book of the Irish Short Story* pléann Anne Enright an bhua dhiamhrach a shamhlaítear le gearrscéalaithe na hÉireann. A fhad is a bhíonn siad ag scríobh i mBéarla, deir sí, nó níl a leithéid de bhua acu siúd a bhíonn ag gabháil don ghearrscéal sa chéad teanga náisiúnta (focla s'aici féin). Tá go leor ráiteas cointinneach eile aici sa réamhrá, agus is féidir easaontú le cuid mhaith acu agus san am chéanna aithint gur thuill sí a cuid réamhchlaonta tríd léitheoireacht leathan agus dianmhachnamh. Ach sa chás seo, is doiligh a chreidbheáil go ndearna sí iniúchadh ar bith arbh fhiú trácht air ar chorpas gearrscéalta na Gaeilge. Cé nach bhfuil an chuma ar an scéal go bhfuil olc aici don chéad teanga náisiúnta – molann sí filíocht na Gaeilge go hard – caithfidh sé go bhfuil míniú éigin ar an easpa breithiúnais seo. B'fhéidir go raibh sí róleisciúil le dul sa tóir ar scéalta maithe sa bhunteanga; b'fhéidir nach bhfuil a sáith Gaeilge aici le scéalta sa teanga sin a mheas. Cibé is cúis leis, fágadh bearna shuntasach sa leabhar seo aici.

Charbh fhiú saothar a chaitheamh le galamaisíocht aon duine amháin murar eiseamláir í ar shiondróm atá leitheadach go leor in Éirinn. I 1996 chuir Micheál Ó Conghaile scéal breá dá chuid, i nGaeilge, faoi bhráid Irish Writing Page an *Sunday Tribune*, ardán a raibh an-tábhacht leis san am do scríbhneoirí úra. Níor cuireadh admháil féin chuige. An bhliain dar gcionn cuireadh aistriúchán Béarla den scéal chéanna isteach. Ní

Introduction

In her foreword to *The Granta Book of the Irish Short Story* Anne Enright discusses the acknowledged, if mysterious, talent of the Irish as short-story writers. But only, she says, if they write in English, as those who write short stories in the first national language (her words) have no such talent. Her foreword has plenty of other contentious statements, and for the most part it is possible to disagree with her conclusions while recognising that she has earned her prejudices through wide reading and deep reflection. In this case, however, it is difficult to believe that she has undertaken any serious examination of the corpus of the Irish language short story. While she does not appear to have any particular hostility to the first national language – she pays high tribute to Irish-language poetry – there must be some explanation for such a notable lapse of judgement. Perhaps she was too lazy to look for good stories in the original, perhaps she does not have enough Irish to judge stories in that language. Whatever the reason, a large gap has been left in her book.

It is hardly worth expending effort on one person's affectations were it not that she represents a syndrome which is quite widespread in Ireland. In 1996 Micheál Ó Conghaile submitted a fine story, in Irish, to the *Sunday Tribune*'s Irish Writing Page, probably the most important platform for emerging Irish writers at the time. The submission was not even acknowledged. The following year the same story was submitted again, this

amháin gur foilsíodh an leagan Béarla, ach bronnadh dhá dhuais Hennessy ar an údar ag deireadh 1997, duais na litríochta agus duais scríbhneoir óg na bliana.

Tá an chuma ar an scéal go bhfuil go leor literati mór le rá nach fiú leo am a chur amú le scríbhneoireacht na Gaeilge; sin murar filíocht í. Tá sé de bhuntáiste ag an fhilíocht go bhfuil na slóite filí iomráiteacha á haistriú. Mar gheall ar a gcuid iarrachtaí, bíonn teacht áirithe ar fhilíocht na Gaeilge acu siúd nach féidir nó nach suim leo í a léamh sa bhunteanga. Is dócha, mar sin, gur beag aird a thabharfar ar dheascríbhneoireacht phróis na Gaeilge mura bhfuil sí cluimhrithe sa Bhéarla.

Tá na leaganacha Béarla sa díolaim dhátheangach seo ann go príomha le cuidiú le léitheoirí dul i ngleic leis na scéalta sa bhunGhaeilge. Agus sin ráite, ní miste má éiríonn leo blas a thabhairt don ghnáthléitheoir ar scéalta maithe a ndearnadh neamart iontu, ar scéalaithe éifeachtacha a ndearnadh neamart iontu, agus ar chultúr tábhachtach atá á imeallú sa tsochaí seo ag aineolas, ag neamhaird, agus ag neamart.

* * *

Agus an leabhar seo á bheartú, chonacthas domh nach ndéanfadh sé dochar snáithe éigin leanúnachais a bheith idir na scéalta. Is beag scéal sa Ghaeilge a phléann le cumhacht, le hairgead nó le Dia, rud a d'fhág i muinín an dá théama mhóra eile mé, an grá agus an bás.

Fuair mé amach go bhfuil sé doiligh go leor theacht ar scéalta maithe grá i nualitríocht na Gaeilge. Iontach go leor, tá siad

time in translation. Not only was it published, but it was given the Hennessy Literary Award for 1997, and the author was given the Hennessy Young Writer of the Year Award.

In some – significant – literary circles, the expectation appears to be that writing in Irish is not worthy of serious consideration, unless, as is the case with poetry, it has the advantage of having been translated by regiments of distinguished poets. Through their efforts, Irish poetry is thus accessible – up to a point – to people who cannot or can not be bothered to read it in the original. It is therefore probable that little or no attention will be paid to good prose-writing in Irish until it appears in English dress.

The English versions in this bilingual collection are primarily aimed at helping readers tackle the stories in the original Irish. Having said that, it will do no harm if they can give the general reader some flavour of a number of well-written if neglected stories, some high-quality if neglected writers, and an important culture which, through ignorance and neglect, is becoming increasingly marginalised within this society.

* * *

While this book was being planned, it occurred to me that it would be no harm to have some kind of connecting thread between the stories. Few stories in Irish deal with power, with money or with religion, which left me to choose between the other two great themes, love and death.

I discovered that good love stories in modern literature in the Irish language are not that easy to come by. Oddly enough, they

tearc go leor sa Bhéarla féin – más scríbhneoirí Éireannacha atá ina gceann. Níl aon fhadhb ann theacht ar scéalta a bhaineann leis an dáimh idir máithreacha agus a gcuid mac. Tá go leor cuntas againn ar an bhrachán mothúchán agus an úspántas sóisialta a ghabhann leis an mhí-aibíocht – déagóirí hormónacha go príomha, cé nach mbíonn teorainn aoise leis an mhí-aibíocht. Agus tá measarthacht scéalta ann a phléann le teip an ghrá. Ina dhiaidh sin, tá gach cosúlacht ar an scéal nach mbíonn scríbhneoirí próis na hÉireann – i gceachtar den dá theanga oifigiúla – ar a suaimhneas leis an ghrá, nó ar a laghad le grá collaí comhthoilithe idir daoine fásta. Fágtar a leithéid ag na filí.

Cibé is cúis leis, cé acu oidhreacht phiúratánach Jansen nó Calvin é, nó gné éigin den timpeallacht shóisialta nó de stair na tíre, nó rud éigin san uisce féin, siúlann imir bheag den aiféaltas nó den mhíshuaimhneas le bunús achan iarracht a dhéanann scríbhneoirí na hÉireann an grá a chur in iúl. Sa chomhthéacs seo, ní ábhar iontais é a liacht mórscríbhneoirí próis a rinne an t-ábhar a sheachaint ar fad.

Ní míshuaimhneas ach a mhalairt atá i gceist nuair atáthar ag plé le téama an bháis, nó ceiliúrann litríocht na hÉireann an bás mar a cheiliúrann litríochtaí eile an grá. Más cliché an tórramh Éireannach, ní cliché gan bunús é. Tá nósmhaireacht shóisialta agus dearcadh ar leith in Éirinn a chinntíonn go bhfuil áit dhílis ag an bhás i ngnáthimeachtaí laethúla na tíre seo, go dtí ar na mallaibh cibé. Níl sé i bhfad ó bhí leathanach na bhfógraí báis ar an chéad leathanach a léifí sna nuachtáin, agus ní heol domh tír ar bith eile ag a mbíonn na fógraí báis i gcroílár na seirbhíse

are also scarce enough in English language literature – at least that literature in English written by Irish writers. There is no problem finding stories that deal with the bond between mothers and their sons. There are plenty of accounts of the emotional turmoil and social awkwardness that accompanies immaturity, generally that of hormonal adolescents, although immaturity is not confined to the young. And there are a fair number of tales which deal with failed love. For all that, it appears that Irish prose-writers – in either of the official languages – are uncomfortable with love, or at least are uncomfortable with consensual sexual love between two adults. This theme is left to the poets.

For whatever reason, the puritanical heritage of Jansen or Calvin, or some element in the social environment or in the country's history, or something in the water, almost every attempt by an Irish writer to portray love is tinged with a kind of embarrassment or a sense of discomfort. In this context, it is unsurprising that many major Irish prose writers have avoided the subject altogether.

On the other hand, there is no sense of discomfort when death is the theme. Indeed the opposite is the case: Irish literature celebrates death as other literatures celebrate love. The Irish wake may be a cliché but it is not necessarily an untruth. Until recently, at any rate, the social customs in this country, and a particular world-view that informs those customs, have ensured that death remains an essential component of everyday life. It is not so long ago that the first page in the newspapers to be read was the one that contained the death notices, and I know of no

ag stáisiún náisiúnta raidió. Tá an bás i bhfad níos scáfara ná an grá, ach is annamh a bhíonn doicheall roimhe ag scríbhneoirí Éireannacha. Luíonn siad isteach ar an téama seo le fonn is le fuinneamh, agus cíorann siad achan ghné den ábhar ón tragóid go dtí nósanna sóisialta go dtí an osnádúrthacht go dtí – minic go leor – an greann.

Ní aon iontas é mar sin – agus gan ach údar amháin a lua – gurb é 'The Dead' atá mar theideal ar an ghearrscéal is iomráití a scríobhadh ag Éireannach agus gur *Finnegans Wake* atá ar an tsaothar próis is mó clú agus is lú léamh ar an domhan. Agus ní haon iontas é go bhfuil *Cré na Cille* mar theideal ar an úrscéal Gaeilge is fearr a scríobhadh riamh, nó nach bhfuil de phearsana ann ach corpáin. Tá rud éigin sa téama seo a spreagann an chuid is fearr i scríbhneoirí na hÉireann, nó is iomaí mionscríbhneoir a bhfuil mórshaothar ar an bhás scríofa aige; ní gá smaoineamh ach ar 'The Party Fight and Funeral' le Carleton, nó 'The Weaver's Grave' le Séamus O'Kelly.

Ní raibh sé doiligh scéalta ar an téama seo a aimsiú. D'fhéadfaí an trí oiread ábhair a aimsiú gan baint as faoin chaighdeán.

* * *

Tá na scéalta seo in ord a bhfoilsithe, chomh fada agus ab fhéidir sin a dhéanamh amach. Cé go bhfuil cuid acu suite san fhichiú haois, baineann a bhformhór le sochaí traidisiúnta a d'iompair nósanna agus meoin a bhain le haois níos seanda isteach sa nua-ré. Eisceacht atá sa scéal dheireanach sa bhailiúchán, nó, ba chirte a rá, sa tsraith mionscéalta nó

other country where death notices are among the core services of a national radio station. Death is much more frightening than love, but Irish writers rarely try to evade it. Instead, they roll up their sleeves and go to it with enthusiasm and verve, and deal with every aspect of the subject from tragedy to social commentary to surrealism to – frequently enough – comedy.

It is therefore no wonder – to refer to only one author – that 'The Dead' should be the title of the most notable short story by an Irish writer and that the most famous unread prose work in the world is called *Finnegans Wake*. Nor is it any wonder that the title of the best Irish language novel ever written should be *Cré na Cille* – Churchyard Clay – or that all its characters are corpses. There is something in this theme that inspires the best in Irish writers, and many a minor writer has written a major work with death as its theme; one need only think of Carleton's 'The Party Fight and Funeral', or Séamus O'Kelly's 'The Weaver's Grave'.

It was not difficult to find stories on this theme. Three times as much material could have been sourced without compromising standards.

* * *

These stories are presented in the order in which they were published, as far as that could be ascertained. Although some of them are situated in the twentieth century, most stories deal with a traditional society which maintained more ancient customs and an older world-view into the modern era. One exception to that generality is the final story, or rather the series

fabhalscéalta ó Dháithí Ó Muirí. Tá cur síos in 'Uaigheanna' ar shochaí distóipeach gan ainm a bhfuil an chuma air, in amanna, go bhfuil sé suite in iarthar na hÉireann, amanna i lár na tíre, agus in amanna eile in oirthear na hEorpa nó i nDeisceart Mheiriceá. Seasann Ó Muirí anseo don chuid is cruthaithí de scéalaíocht na linne seo. Ba sa chéad cheathrú den fhichiú aois a chuaigh na scríbhneoirí eile sa bhailiúchán seo i mbun pinn.

Aithnítear gurbh é Pádraic Ó Conaire (1881–1927) a chuir bonn le nua-litríocht na Gaeilge. Ghlac sé seasamh idé-eolaíoch ar son an réalachais, seasamh a bhí ina fhrithghníomh in éadan rómánsachais a bhí báite sa mhaoithneachas, in éadan phiúrat-ánachas na linne, agus in éadan cheartchreideamh an ró-Ghaelachais, na trí ghalar a bhí ag bagairt ar litríocht na Gaeilge ag tús an chéid. Glactar leis go coiteann gur scríobh Ó Conaire an chuid is fearr dá chuid saothar i Londain idir 1904 agus an t-am ar fhill sé ar Éirinn i 1914. Bréagnaíonn an dá scéal atá sa leabhar an bhraistint sin. Cé gur sna fichidí a scríobhadh iad, agus ainneoin lochtanna beaga thall is abhus iontu – scríobh Ó Conaire i bhfad barraíocht i bhfad ró-ghasta – tá meáchan iontu. Léiríonn siad fosta nár réalaí ar chor ar bith é Ó Conaire, ach rómánsaí ina chroí istigh.

Ba é Seosamh Mac Grianna (1900–1990) mór-scríbhneoir na glúine a tháinig i ndiaidh Uí Chonaire. D'fhaisc seisean stíl chumhachtach mhiotalach as teanga shaibhir a phobail féin i Rann na Feirste i nDún na nGall, ardstíl na Gaeilge liteartha, rómánsachas ré Victoria agus a mheon uathúil seachránach féin. Is léir óna chuid scríbhneoireachta go raibh sé ina éan corr, agus i 1936, i ndiaidh tuairim agus dhá bhliain déag mar scríbhneoir

of vignettes or fables by Daithí Ó Muirí. 'Graves' describes a nameless dystopic society which sometimes appears to be situated in the west of Ireland, sometimes in the Irish midlands, and at other times in eastern Europe or South America. Ó Muirí here represents the most creative of our contemporary writers. The other writers in this collection began their writing careers in the first quarter of the twentieth century.

Pádraic Ó Conaire (1881–1927) is recognised as the writer who established modern literature in the Irish language. He took an ideological stand as a realist, primarily as a reaction to the sentimental romanticism, the puritanism, and the exaggerated nativist ultra-Gaelic orthodoxy that threatened the emerging Irish language literature at the beginning of the 20th century. It is usually accepted that Ó Conaire wrote his best work in London between 1904 and 1914, the year he returned to Ireland. The two stories in this book challenge that perception. Although they were written in the twenties, and although they are not without flaws – Ó Conaire wrote far too much far too quickly – they have substance. They also demonstrate that Ó Conaire was no realist, but a thoroughgoing romantic.

Seosamh Mac Grianna (1900–1990) was the major writer of the generation that followed Ó Conaire. He fashioned a powerful, sinewy style from the rich language of his own community in Ranafast in Donegal, the high register of literary Irish, Victorian romanticism and his own unique, wayward temperament. It is clear from much of his writing that his mental health was never robust, and in 1936, after a dozen or so years as a

gairmiúil, chlis go hiomlán ar shláinte a mheabhrach. Tá an scéal sa leabhar seo bunaithe ar an traidisiún béil, cuntas ar thréimhse an Ghorta Mhóir a fuair Mac Grianna óna athair féin faoi fhear a d'iompair athair a chéile ar a dhroim chuig an reilig, a d'adhlaic é, agus ansin a thit marbh ar an uaigh. Tagann cuid mhaith d'éifeacht an scéil ón chur síos ar an dóigh ar dhiúil an Ghorta an daonnacht as an phobal. Leis an scéal a neartú, is cosúil, rinne Mac Grianna áibhéil áirithe ar cad é chomh domhain is a chuaigh an bhrúidiúlacht in ainseal sa phobal. De réir chuntas a athara, ní raibh an charthanacht imithe as an phobal ar fad, nó rinneadh cineáltas do phríomh-phearsa an scéil ar a bhealach chun na reilige.

Bhí Séamus Ó Grianna (1889–1969) ina dhearthair ag Seosamh Mac Grianna, agus é beagnach 11 bhliain ní ba sine. B'ábhar scríbhneora mhóir é féin – bhí buanna aige nach raibh ag a dhearthair maidir le dialóg, mar shampla. Ina dhiaidh sin, bhí sé sáite barraíocht i maoithneachas agus i gceartchreideamh na hathbheochana: bhíodh sé ag maíomh nach scríobhfadh sé rud ar bith nach mbeadh sé sásta léamh os ard dá mháthair. Ina dhiaidh sin tá roinnt seoda i measc na 26 leabhar a d'fhoilsigh sé. Tá an dá scéal sa bhailiúchán seo orthu sin, agus is mór-scéal coiméide sóisialta é 'Grásta ó Dhia ar Mhicí' de réir chaighdeáin litríochta ar bith. Is é an pobal príomh-phearsa an scéil seo, seachas aon duine de na daoine atá ainmnithe ann. Go fírinneach, ní ann don tsaol phríobháideach sa tsochaí seo, nó tá achan bhogadh sa phobal ar eolas agus ina ábhar pléite ag an phobal ina iomláine. Pobal seo a bhfuil an charthanacht agus comhar na gcomharsan ina sciath ar an dúbhochtanas, an chúlchaint ina chaitheamh aimsire, agus an béadán ina fhoirm

professional writer, he had a complete breakdown from which he never recovered. The story in this book is based on folk history, an anecdote about the Great Famine told by Mac Grianna's own father. It describes how a man carried his father-in-law on his back to the graveyard and buried him before himself dying on the grave. Much of the power of the story lies in Mac Grianna's depiction of how the famine had brutalised the community. In the interests of making the story more powerful, Mac Grianna appears to have exaggerated the extent to which such brutality had taken root. In his father's account, kindness had been shown to the main character in the story on his journey to the graveyard.

Séamus Ó Grianna (1889–1969) was Seosamh Mac Grianna's older brother by 11 years. He had the makings of a great writer – he had gifts which his brother lacked, in, for example, in creating dialogue. However, he yielded far too much to sentimentality and the influence of language revival orthodoxy: he boasted that he would not write anything that he would not be prepared to read aloud to his mother. In spite of such weaknesses, there are a number of gems scattered here and there through the 26 books he wrote. The two stories in this collection are among them, and 'God Rest Mickey' is a major work of social comedy by any literary standard. The story's main character is the community itself rather than any of the individuals who populate it. In fact, no-one in this society has any kind of private life; every deed by every person is known to and discussed by the entire community. In this community, neighbourliness and mutual aid shield its members from the worst effects of dire poverty, while gossip is a universal pastime and

ealaíne. Is beag rud is dúshlánaí ag scríbhneoir ná pictiúr éifeachtach a tharraingt de shochaí iomlán taobh istigh de theorannacha an ghearrscéil, ach tugann an scéal seo léargas glinn saibhir, atá idir a bheith géar agus geanúil, ar shaol agus nósmhaireacht saoil atá imithe le fada, le cois cur síos fuinte caolchúiseach inaitheanta ar dhinimic shóisialta atá beo go fóill i ndlúthphobal tuaithe ar bith.

Tugann 'An Beo' le Liam Ó Flaithearta (1896–1984) léargas áirithe eile ar phobal thraidisiúnta Gaeltachta. Níl mórán den ghreann sa scéal seo, agus is ar dhinimic inmheánach teaghlaigh is mó atá sé dírithe seachas ar an phobal. Ach ní sna rudaí seo atá croí an scéil ach sa léiriú atá ann ar rotha mór an bháis agus na beatha. Is mar mhórscríbhneoir Béarla is mó atá aithne ar Ó Flaithearta, ach bhí dhá thréimhse ar leith ina mbíodh sé ag scríobh i nGaeilge. Bhí an chéad tréimhse acu sin sna fichidí, tráth a raibh sé mór le Pádraic Ó Conaire – bhí an-tionchar ag cuid scéalta dúlra Uí Chonaire ar nós 'An Comhrac' ar a shaothar féin. Ba sna daichidí a bhí an dara tréimhse i ndiaidh dó filleadh go hÉirinn as Meiriceá. Is ón dara tréimhse an scéal seo. Meastar gur scríobhadh é i ndiaidh don Fhlaitheartach a bheith ar cuairt ar a theaghlach in Árainn, agus ba é an meath tubaisteach a bhí i ndiaidh theacht ar a athair féin, rud a ghoill go domhain air, a spreag é.

AODÁN MAC PÓILIN

backbiting an art-form. There is no greater challenge to a writer than to draw a convincing picture of an entire society within the confines of a short story, but this tale gives a rich and vivid account, one that manages to be both affectionate and critical, of a world and its ways that have long gone, as well as providing a subtle, richly textured and recognisable portrayal of the universal social dynamic of every closely-knit rural community.

There are further insights into the life of a traditional Gaeltacht community in 'An Beo', by Liam O'Flaherty (1896–1984). This story has little humour, and concentrates on an internal family dynamic rather than on that of the community. But this is not where the heart of the story lies, but in an almost allegorical account of the great cycle of life and death. O'Flaherty is known as a major English language writer, but he wrote in Irish during two distinct periods. The first of these was in the late twenties, when he was close to Ó Conaire – whose nature stories, such as 'The Combat', had a significant influence on his own work. The second period was in the forties after his return to Ireland from America. This story belongs to the second period. It is thought that it was written after O'Flaherty had visited his family on the Aran Islands, and was inspired by the decline of his father, which affected him greatly.

AODÁN MAC PÓILIN

Sláinte an bhradáin:
croí folláin, gob fliuch,
agus bás in Éirinn.

The health of the salmon:
a healthy heart, a wet mouth,
and may you die in Ireland.

Sláinte agus saol agat, bean ar do mhian agat,
talamh gan chíos agat, agus bás in Éirinn.

Health and life, your choice of wife,
land without rent, and may you die in Ireland.

Traditional drinking toasts

Many of them who have settled in America or Scotland,
when they imagine the approach of death, return (if they can)
that they may leave their bones in their native soil.

Ordnance Survey Memoirs of Ireland
1833, Glens of Antrim

Bás in Éirinn

MAY YOU DIE IN IRELAND

An tSochraid Cois Toinne
Pádraic Ó Conaire

Ghluais linn, timpeall is leathchéad fear agus ban, i ndiaidh an chairt ar a raibh corp agus cónra an tseanfhir agus sinn ag déanamh ar an reilig. Murach an tseanbhean lag lúbach a bhí ina suí ar an gcairt, ag ceann na cónra, agus í ag tabhairt na súl go raibh an céile lenár chaith sí a saol fada le dul faoin bhfód uaithi, ní bheadh a fhios ag duine nach ag bainis a bhíomar ag dul. Caint agus comhrá ann, is gáire féin, agus dá n-abródh duine é, beagán beag den tsuirí i measc ógánach agus girseach, mar ar ndóigh, is í an óige an óige má tá an bás féin sa láthair.

Agus aniar chugainn thar trí mhíle míle farraige tháinig na tonntracha móra cinnbhána á gcaitheamh féin isteach ar chladach clochach eibhir. Ó am go ham chaitheadh duine suntas a dhéanamh den tseanbhaintrigh a bhí ina suí in airde ar an gcairt le taobh chónra a fir, mar scaoilfeadh sí a seanstreancán caointe uaithi a phléascfadh do chluas, agus d'éiríodh na mílte míle éanlaith scréachach mara ón trá lenár gcois, go meascadh glór na n-éan, agus glór na seanmhná agus glór tonn ar trá in aon gheoin agus séis amháin a bhíodh níos dólásaí ná aon cheol dár cheap aon cheoltóir daonna riamh. Ná raibh laoch ar lár arís choíche gan a leithéid de cheol uasal a bheith á chanadh ós a chionn.

* * *

The Funeral by the Sea

Pádraic Ó Conaire

On we went, about fifty men and women, following the cart with the body and coffin of the old man, heading for the graveyard. But for the frail bent old woman who sat in the cart at the head of the coffin, and who was weeping because the man with whom she had spent her long life was about to be buried, no-one would have known that we were not going to a wedding. There was talk and conversation, even laughter, and if it be known, even a little bit of flirting among young men and women, for youth is youth even in the presence of death.

Great white-headed waves came three thousand miles across the seas to hurl themselves onto the rocky granite shore. From time to time, one had to take notice of the old widow who was sitting up on the cart beside her husband's coffin, for she would let out an impassioned wail that pierced your ears, and thousands and thousands of screeching seabirds would rise from the strand beside us, until the sounds of the birds, and the old woman, and the waves crashing on the beach merged into one wailing melody which was more melancholy than any music ever composed by a human musician. No hero should ever be laid to rest again without such gracious music being played over him.

* * *

Ag ceann an bhóthair, sulma shroicheann tú an tseanreilig, tá trá mhór fhada ghainimheach, ach toisc an gaineamh a bheith bog ann ní féidir le carr ná capall dul trasna na trá sin. Iompraítear na coirp ar ghuailne na bhfear ann, agus nuair a bhíonn sé ina lánmhara, d'fheicteá na daoine idir lucht iompair an choirp agus lucht a chaointe go glúine sa sáile. Bhí sé ina lánmhara an lá seo atá i gceist agam nuair a tógadh cónra an tseanfhir as an gcairt, nuair a crochadh suas ar ghuailne fear óg é le dul trasna na trá seo. Bhí báisteach agus gála mór ann ó mhoch na maidine, ach bhí sé ag glanadh suas roinnt faoi seo agus an ghrian ag éirí amach ó na néalta. Nuair a shiúladh an tsochraid thríd an tsáile, chuireadh a gcosa agus na tonntracha a bhí ag bualadh isteach ar an trá cith mór uisce in airde timpeall orthu, agus nuair a shoilsíodh an ghrian ar an gcith sin ba dhóigh le duine gur cith óir a bhí thart orthu. Na fir a bhí ag iompar an chónra, is iad is mó a báitheadh san gcith seo, mar ba iad ba throime ar na cosa toisc an t-ualach mór a bhí orthu, agus ó am go ham, nuair a bhuaileadh tonn níos mó ná a chéile iad, d'éiríodh an cith orthu seo os cionn na cónra agus chloistí an focal, "Aire! Aire!" ó leathchéad scornach. An tseanbhaintreach, a bhí ag siúl díreach i ndiaidh an chónra, ní labhradh sí agus ní chaoineadh sí, ach í ag féachaint roimpi i dtreo na reilige, gan brón ná doilíos le tabhairt faoi deara ina héadan. Ag cuimhneamh nárbh fhada uaithi an lá go mbeadh sí féin á hiompar trasna na trá seo agus cith órga thart ar a cónra, a bhí sí . . .

* * *

Dhá chnoc clochacha a bheadh céad troigh ar airde, agus a mbun sa bhfarraige agus geadán trí acra de thalamh gainimhe

The Funeral by the Sea

At the end of the road, before you reach the old graveyard, there is a great long sandy beach, but because its sand is so soft neither cart nor horse can pass over it. Coffins are carried there on the shoulders of men and when the tide is full, you would see the people, both coffin bearers and mourners, up to their knees in the salt water. There was a high tide this particular day I am talking about, when the old man's coffin was taken from the cart and hoisted onto the shoulders of the young men to cross the beach. There had been rain and strong gales from early morning, but it had cleared up somewhat by now and the sun was emerging from the clouds. As the mourners walked through the water, their feet and the waves which lashed the shore would throw up a huge shower of spray around them, and when the sun shone on that shower one would think that they were shrouded in a golden mist. The men carrying the coffin would get the worst soaking from this shower, as the great weight they carried caused them to be the heaviest on their feet, and from time to time, when a particularly big wave struck them, and the spray rose above the coffin, you would hear the words, "Careful! careful!" from fifty mouths. The old widow, who walked right behind the coffin, neither spoke nor cried, but looked ahead towards the graveyard, with neither sadness nor sorrow to be seen on her face. She was thinking that the day was not far off when she herself would be carried across that strand with a shower of golden spray about her coffin . . .

* * *

Two stony hills about one hundred feet high, their base in the sea and three acres of sandy soil between them; coarse, spiky,

eatarthu; féar cruaidh garbh feosaí saillte ag iarraidh a bheith ag fás ar an ngeadán gainimheach sin; clocha duirlinge agus clocha eibhir bailithe ina gcarnáin bheaga ísle thall is abhus os cionn na n-uaigh, ach i gcorráit a raibh leac ghreanta tógtha nó crois bheag dhubh adhmaid; seanteampall gan ceann agus a bhallaí clúdaithe le eidheann i gceartlár an gheadáin talún seo; scréach éanlaithe mara os ár gcionn sa spéir; dordán tonn ar thrá; uaigh chaol thanaí oscailte sa talamh gainimhe; sagart aosta ina sheasamh gan cor as ag ceann na huaighe sin – táimid sa reilig cois mara.

Fágtar an chónra ar an talamh ar bhruach na huaighe. Tá beirt fhear agus dhá láí acu thíos sa bpoll ag cartadh ar a míle dícheall. Tá na báiníní bainte díobh agus iad cosnocht, agus cé go bhfuil an lá fuar gaofar tá an t-allas leo. Uaireanta, cartaíonn siad amach píosa d'adhmaid sheanchónra nó cnámh. Beireann duine de mhuintir an té atá á adhlacadh air, scrúdaíonn go géar é ar feadh tamaill bhig, beireann póg dhil don tseaniarsma, agus ansin éiríonn an caoineadh caol cruaidh cráite uathu uile go léir.

* * *

"'Bhfuil sé sách domhain, a athair?" arsa fear atá ag tochailt san uaigh.

"Níl sé. Oibrígí libh," arsa an sagart.

"Ach tá cónra eile fúinn anseo, agus tá an t-adhmad an-lofa."

"Tá – sháith mé mo láí isteach ann anois díreach."

withered, salty grass trying to grow in the sandy soil; beach cobbles and granite rocks piled in low mounds here and there on graves, except where an occasional engraved headstone or a little black wooden cross had been erected; an old roofless church with ivy-clad walls right in the middle of this patch of land; the screeching of seabirds in the skies above us; the dull, low drone of waves on the beach; a narrow grave with sloping sides opened in the sandy soil, an old priest standing motionless at the head of that grave – we are in the graveyard by the sea.

The coffin is left on the ground at the edge of the grave. Two men with long spades are down in the hole shovelling as fast as they can. They have taken off their bawneen jackets and they are barefooted, and although the day is cold and windy, the sweat runs off them. Sometimes they fling up a piece of wood from an old coffin, or a bone. One of those whose relative is being buried grabs it, examines it closely for a little while, gently kisses the old relic and then a piercing harsh keen rises from them all.

* * *

"Is it deep enough, father?" said one of the men who is digging the grave.

"It's not. Keep going," said the priest.

"But there's another coffin under us here, and the wood's rotten."

"There is – I've just stuck my spade into it."

Tosaítear ar an gcartadh arís. Glantar clár an tseanchónra den chreafóig ghainimheach go bhfuil sé le feiceáil go soiléir ag cách. Fear óg atá ina sheasamh le m'ais agus nár labhair agus nár shil deoir ar feadh an achair, buaileann tocht bróin é go tobann go leigeann sé scread uafásach in ard a ghutha go síleann sé dhul de léim isteach san uaigh atá á cartadh, agus gach uile: "A mháthair! a mháthair! a mháthairín dhílis dhílis dhílis!" uaidh. B'éigean breith ar an bhfear bocht cráite agus é a thabhairt ar leathtaobh.

Íslíodh cónra an tseanfhir isteach san uaigh. Cuireadh roinnt clocha thart ar an seanchónra a bhí san uaigh chéanna, ar eagla go réabfadh meáchan an chónra nua é. Doirteadh uisce coisreacain air. Caitheadh trí shlám créafoige air. Bhí paidreacha na marbh ráite ag an sagart aosta agus a leabhar beannaithe á chur i dtaisce aige. Tháinig spideog bheag as an tom gur sheas sé ar bharr croise duibhe adhmaid a bhí os cionn uaighe inár ngar, ag féachaint ar an obair go fiosrach.

Chuaigh an bhaintreach ar a glúine, ar a gogaide ba chóra a rá b'fhéidir, gur thosaigh sí ag bualadh bos agus ag stracadh ghruaig a cinn, á luascadh féin anonn is anall faoi mheisce an bhróin agus an doilís, agus gach olagón uaithi ag caoineadh an fhir lenár chaith sí leathchéad bliain dá saol, díreach mar a chaoineadh a seanmháithreacha a gcuid fear féin nuair a bhí Meádhbh ina banríon i gConnachtaibh . . .

* * *

Bhí na daoine ag scaradh ó chéile faoi seo agus gach duine acu ag dul go dtí uaigh a mhuintire féin. Bhí an seansaol, saol ár sinsir phágánaigh agus saol na Críostaíochta buailte le chéile

The Funeral by the Sea

The digging begins again. The sandy soil is cleaned from the top of the old coffin so that it can be seen clearly by all. A sudden fit of grief strikes a young man who is standing beside me and who has not spoken or shed a tear the whole time; he lets out a terrible scream at the top of his voice and tries to leap into the grave that is being dug, saying, again and again, "Mother! mother! my dear, dear mother!" The poor distraught man had to be restrained and taken aside.

The coffin of the old man was lowered into the grave. Some stones were placed around the old coffin which was already in the grave, for fear the weight of the new coffin would shatter it. Holy water was sprinkled on it. Three handfuls of clay were thrown on it. The old priest had said the prayers for the dead and was putting his missal away. A small robin emerged from a bush and settled on top of a black wooden cross on a nearby grave, curiously inspecting the work.

The widow went down on her knees, on her hunkers I should probably say, and she began to strike one hand against the other and tear at her hair, rocking herself back and forth, intoxicated by sorrow and grief, wailing continually, to keen the man with whom she had spent fifty years of her life, just as her ancestors would keen their own men when Meabh was queen of Connacht . . .

* * *

People were scattering now and going to their own people's graves. The old world, the world of our pagan ancestors and the Christian world were coming together before my very eyes.

ansin os comhair mo dhá shúl. Dúradh paidreacha na
Críostaíochta os cionn gach uaighe mar a deirtear go coitianta
i ngach ball den tír, ach i ndiaidh na bpaidreacha sin a bheith
ráite, nochtaíodh an brón a bhí i ngach croí ar an sean-nós.
Tógadh an caoineadh ársa ann, gur tháinig mar a bheadh meisce
nó *ecstasy* bróin ar lucht an chaointe. Is náireach le cuid againn
ar an saol nua seo féachaint ródhomhain i gcroí duine agus é
corraithe, mar is dóigh linn nach ceadmhach do dhuine scrúdú
a dhéanamh ar chuid de rúnaibh diamhaire an tsaoil seo, nó na
rúnta diamhaire atá inár gcroí féin a nochtadh do charaid nó
do namhaid. Ní mar sin don phobal seo. An rabharta dobróin
agus doilís a bhí i mo thimpeall agus nach rabhthas ag iarraidh
a cheilt, chuaigh sé thríom, trí mo chroí, trí m'anam, trí
m'aigne, tríd an uile orlach dhíom, do mo thachtadh do mo
phlúchadh do mo chiapadh do mo chéasadh, go mb'éigean
dhom teitheadh.

Ach sulma d'imigh mé ón áit, thug mé faoi deara aon ógánach
amháin agus é caite trasna uaighe nuadhéanta, agus shílfeá ar
an ngotha a bhí air go mba chuma leis dá dtitfeadh an spéir, dá
mbáitheadh an fharraige mhór a bhí taobh linn an talamh
tacach, dá scoiltí an domhan mór seo óna chéile, ó bhí a
mhuirnín san uaigh. Sa deire d'éirigh sé de gheit, agus as go
brách leis sna glinnte agus gach aon scréach bróin uaidh. Bhí
aithne agam féin air: is eol dom nár stríoc sé i gcath, nár shil sé
deoir ar bhás a chomráide a maraíodh lena thaobh, ach anseo i
measc a mharbh féin sa reilig cois mara, ní fhéadfadh páiste a
bheith níos boige.

* * *

The Funeral by the Sea

Christian prayers were said above each grave as they are normally said in every part of the country, but after those prayers were said, the sorrow in each heart was revealed in the old way. The ancient keening began, and it was as if those who keened were overcome by an intoxication or *ecstasy* of grief. Some of us in this modern world are ashamed to look too closely into the heart of a man when he is deeply moved, for we think that it is not permissible to examine the mysterious secrets of this world, or to reveal the mysterious secrets of our own hearts to friend or foe. It was not so for this community. The wave of unconcealed grief and sorrow that was all around me went through me, through my heart and soul, through my mind, through every inch of me, choking and suffocating me, troubling and tormenting me until I had to escape.

But before I left, I noticed one young man who had thrown himself across a newly-dug grave, and by the look of him you would think that he did not care if the sky fell or the ocean beside us over-ran the sustaining land, or this great world split apart, since his sweetheart was in the grave. Finally, he rose suddenly and fled in a kind of madness, howling with grief. I knew him: I knew he had not stinted in battle, that he had not shed a tear for the comrade who had fallen by his side, but today, here among his own dead in this graveyard by the sea, a child could not have been more vulnerable.

* * *

Ní raibh aon duine de mo mhuintir féin curtha sa reilig seo cois mara, agus d'imigh liom ag spaisteoireacht thart. Tháinig mé ar uaigh aonraic ar imeall na trá agus na reilige, agus crois nua adhmaid os a cionn. Tháinig seanfhear le mo thaobh i ngan fhios dom agus labhair:

"Tá áit shócúil shuaimhneach aige ansin." ar seisean.

"Cé é féin?" arsa mise.

"Níl a fhios agam sin ná ag aon duine eile ach an oiread liom," ar seisean, "bíodh is gur mise a rinne an chónra dhó, mise a thochail uaigh dhó, mise a thóg an chrois sin os a chionn. Ach fuair mé ar an tráigh ansin maidin é, agus é báite, aimsir chogadh na nGearmánach, nuair a bhíodh daoine á mbáitheadh, agus ag marú a chéile. Ní bhfuair muid a thuairisc riamh, ach bhí culaith mhairnéalaigh air, sea, bhí sin air, bhí agus an Paidrín Páirteach i ngreim go docht i gcúl a ghlaice … Bhí mac agam féin, agus báitheadh é an tráth céanna …"

Dúirt an bheirt againn paidir ar anam an mhairnéalaigh nach n-aithneofar ar an saol seo. Ansin d'éirigh an seanfhear gur báitheadh an mac air, dhún sé a dhorn agus bhagair sé ar an bhfarraige mhór alpach:

"A ghadaí! A ghadaí! A ghadaí!" ar seisean.

The Funeral by the Sea

None of my own people were buried in this graveyard by the sea so I left to walk around. I came upon a lonely grave with a new wooden cross, just where the graveyard and the strand meet. Without my noticing it, an old man came up beside me and spoke:

"He has a fine peaceful spot there." he said.

"Who is he?" I said.

"I don't know, nor does anyone else no more than myself," said he, "although it was me who made the coffin for him, me who dug his grave, me who put that cross over him. I found him drowned on the strand there one morning; the time of the German war, when people were being drowned and killing each other. We never found out who he was, but he wore a sailor's uniform, indeed he did, and he had Rosary Beads stuck firmly in his fist ... I had a son, and he was drowned around about the same time ... "

We both said a prayer for the soul of the sailor whose identity will not be known in this world. Then the old man whose son had been drowned got up, closed his fist and shook it at the wide, voracious sea:

"You thief" You thief! You thief!" said he.

Ar an Tráigh Fholamh

Seosamh Mac Grianna

Bhí sé fuar ar an Droim Dheileoir, nó bhí sé fá thrí seachtainí de Shamhain. Bhí an t-aer fuar, agus na creagacha liatha, agus an cuibhreann preátaí sin a bhí in ascaill an chnocáin. Agus bhí Cathal Ó Canann fuar, agus é ar shiúl ar fud an chuibhrinn ag tochailt thall agus abhus. Fuar, ocrach, bratógach, seanéadach ina phoill agus ina phaistí crochta ina chlupaidí ar chnámha móra loma a raibh an fheoil seangaithe ar shiúl daofa. Seilg dhúthrachtach a bhí sé a dhéanamh, seilg fhiáin chraosach mar a dhéanfadh ainmhí, agus ina dhiaidh sin bhí sé spadánta i ngach bogadh dá ndéanadh sé. Fada buan a chaith sé ar shiúl ó iomaire go hiomaire sular mheas sé go raibh a iarraidh aige. Ní raibh a iarraidh mór, más ní go raibh sé sásta leis an duisín sceallán a bhí ina bhearád leis, agus gan aon cheann acu baol ar chomh mór le hubh chirce.

Soir leis go dtína theach – teach íseal ceann-tuí a raibh lustan ag fás air, agus na ballaí glas tais daite ag an aimsir. D'aitheodh duine ar dheilbh an tí, ar na loitheáin a bhí fá leacacha an dorais, ina luí i suán miodamais agus caileannógach throm orthu, gur imigh an lá a raibh teaghlach greannmhar gealgháireach fá na ballaí sin. Chuaigh Cathal isteach, ag umhlú síos faoin fhardoras, isteach i ndoiléireacht, nó ní raibh ar an teach ach fuinneog amháin, nach mó ná go dtiocfadh le cloigeann a dhul amach uirthi. An leabaidh a bhí sa choirnéal agus an dorchadas ní ba dlúithe uirthi, siocair í a bheith druidte os a cionn le cláraí,

On the Empty Shore

Seosamh Mac Grianna

It was cold on Drumdeilore, for it was less than three weeks to Halloween. The air was cold, as were the grey crags and the small field of potatoes nestling against the hill. And Cathal Ó Canann was cold as he ranged about the field, digging here and there. Cold, hungry, ragged, old clothes full of holes and patches hanging in folds on large spare bones from which the flesh had wasted. His was a painstaking search, fierce and ravenous like that of an animal, yet every move he made was sluggish. He spent a long, long time moving from ridge to ridge before he decided he had found what he needed. And his need was not great, if he was content with the dozen wretched little potatoes he held in his cap, not one of which was anywhere near the size of a hen's egg.

He went over to the house, a low cottage with weeds sprouting from its thatch, its damp walls stained green by the weather. Anyone would have known from the look of the house, from the foul, stagnant, slime-covered pools around the door, that the day had long gone when a light-hearted carefree family had lived within those walls. Cathal went in, stooping down under the lintel, entering the gloom, for the house had only one window barely big enough for a human head to pass through. There was a bed in the corner in even deeper shadow, as it was closed off by wooden boards above it and at its sides. An uninformed

15

agus cláraí ar na taobhanna aici, d'amharcódh súil aineolach uirthi athuair sula dtugadh sí fá dear go raibh duine ina luí inti, colann lom faoi sheanchuilt dheirg, agus ceann liath giobach idir ghruaig is fhéasóig ina luí ar an cheannadhairt, gan mhothú.

Chuaigh Cathal suas os cionn an fhir a bhí ina luí.

"A Airt!"

Níor labhair Art, agus nuair a leag Cathal a lámh air, fuair sé amach go raibh an smaointiú sin, an eagla a fuair greim fán chroí air, go raibh sin ceart. Bhí Art comh fuar le creig.

Chuaigh Cathal anonn agus dhúbáil sé síos ar an stól a bhí faoin fhuinneoig. Chuir sé a chuid uilleannach ar a ghlúine, agus a bhos lena leiceann, agus shuigh sé ag amharc anonn ar an chorp. Ní tháinig deoir leis, ní tháinig tocht air fán scornaí. Mhothaigh sé é féin beagán níb fhuaire, beagán níb fhoilmhe ná bhí sé roimhe sin, agus a chroí rud beag ní ba nimhní ina chliabh. Má chaith sé féin agus an fear a bhí ina luí go híseal aon seal ariamh go sámh i gcuideachta a chéile, bhí dearmad déanta aige de. Níor smaointigh sé ar dhóigh ar bith a bhí leis an tseanduine, ar a gháire, ar ghlór a chinn, ar chaint ar bith a dúirt sé ná ar ghníomh ar bith a rinne sé arbh ansa le caraid smaointiú orthu – cuimhneacháin bheaga a chuireas cumhaidh ar an té atá fágtha. Níor smaointigh sé ar urnaí a chur leis an anam a bhí i ndiaidh é féin a strócadh amach as an cholainn chaite sin fríd phianaigh. Bhí dearmad déanta de Dhia aige, nó chonacthas dó go raibh dearmad déanta ag Dia de le fada riamh – bhí, ó tháinig an chéad mheath ar bharr na bpreátaí, ó tháinig tús an 'drochshaoil'. Shuigh sé ansin i bpianpháis bhrúite. Bhí a anam istigh ann mar a bheadh loitheán dorcha nach mbeadh sruthán

eye would have looked at it twice before noticing that someone lay in it, a wasted body under an old red quilt, an unkempt head, grey-haired and grey-bearded, resting motionless on the pillow.

Cathal stood over the man in the bed.

"Art!"

Art did not speak and when Cathal laid his hand on him he found that the thought, that fear that had clutched at his heart, had been realised. Art was as cold as a stone.

Cathal went over and hunkered down on a stool under the window. He put his elbows on his knees, rested his palm on his cheek, and sat there looking over at the corpse. He did not shed a tear, there was no catch in his throat. He felt himself get a little colder, a little emptier than he had been before, and his heart ached a little more in his chest. If he and the man who was gone had ever spent any pleasurable time in each other's company, he had forgotten it. He could not think of a single one of the old man's ways, of his laugh, of the sound of his voice, of anything he said or did that a friend would take pleasure in remembering – little memories that bring an ache of sorrow and yearning to the one who is left behind. He didn't think of praying for the soul that had torn itself in pain from that wasted body. He had forgotten God, for it seemed to him that God had forgotten him long ago, ever since the potatoes failed the first time, since the bad times had begun. He sat there in anguish, crushed. His soul was like a dark muddy pool into which no stream fed and from which no stream issued, but lay in a deadly stillness under an ugly layer of slime.

ag sileadh isteach ann nó amach asti, ach é ina luí i gciúnas mharfach, faoi chairt dhona chaileannógaí.

Rinneadh tormán ar an tseantábla a bhí i dtaobh an tí. Chlis sé suas agus chonaic sé gogán a raibh lorg bracháin bhuí air ina luí ar an urlár ar a thaoibh. D'éirigh leis amharc a fháil ar mhadadh ag teitheadh trasna an tí – ainmhí giobach ciar, agus a dhá thaoibh buailte ar a chéile.

Tháinig an t-uaigneas anois air a thig ar an té a bhfuil corp sa teach aige, an t-aithleá fuaicht a thig ón bhás agus a bheir ar dhaoine cruinniú agus an marbhánach a dhéanamh a fhaire i gcuideachta a chéile. Ach faraor, chuaigh am fairí thart. De réir mar a bhí an saol ag éirí cruaidh, bhí na daoine ag déanamh coimhthís le chéile. In am sonais agus pléisiúir bíonn daoine dúilmhear ar a gcomharsain. In am cruatain coinníonn siad leo féin, ag cruinniú iomlán a gcuid urraidh a throid leis an tsaol. Ar na mallaibh bhí daoine ag imeacht ina gcéadta, ag leigheadh ar shiúl leis an ocras, á gcloí leis an fhiabhras. Cuid a bhí ag fáil adhlacadh Chríostúil, cuid a bhí ina luí i gcréafóig gan choisreacadh ina molltaí. D'amharc Cathal anonn ar an ardán ghlas a bhí taobh thall den abhainn. Bhí mullóg ina lár agus an féar ag toiseacht a theacht. Cuireadh síos ansin an triúr dheireanach a fuair bás ar an bhaile sin, Clann Mhichil Bháin. Tháinig daoine anoir ón Ard Mhór a chaith síos ansin iad fá dheifre. Ní raibh mórán truaighe ag an talamh chadránta sin daofa – an talamh seasc gan sú nár dhual dó barr a bhaint arís as go leasófaí é ar fud na hÉireann le feoil agus fuil daoine.

Fuair Cathal giota de rópa, agus thóg sé an corp ón leabaidh, agus chuir dhá iris ann mar a bheadh cliabh ann. Nuair a bhí sé

Something made a noise on the old table by the side wall. He started to his feet and saw a wooden bowl, which held a smear of yellow-meal porridge, lying on its side on the floor. He managed to get a glimpse of a dog scurrying across the room, a shabby black cur with its ribs showing.

The desolation that comes to those who have a corpse in the house settled on him now, the chilling draught that follows a death and makes people gather together to wake the departed. Sadly, the time for wakes had long passed. For as life was getting harder, people were becoming more and more estranged. When times are good, people hold their neighbours dear. In hard times they keep to themselves, conserving all their strength to struggle on. Lately, people were dying in their hundreds, fading away with hunger, being laid low by fever. Some were getting a Christian burial while others lay in heaps in unhallowed ground. Cathal looked over at the green rise on the far side of the river. There was a mound in the middle of it on which grass was beginning to grow. The last three who had died in the townland had been buried there, Micheal Bán's family. People had come over from Ardmore and had hastily thrown them down in that spot. That unforgiving earth had little pity for them, that dry barren soil which was not destined to yield another crop until it had been enriched throughout all Ireland by human flesh and blood.

Cathal got a piece of rope, raised the corpse from the bed and attached two shoulder-straps to it as if it were a creel. As he was

ag dul trasna an tí leis thoisigh urchuil uaigneach a sheinm i bplochóig dhorcha éigin i bhfad siar sa bhalla fá thaobh an bhaic.

Bíonn oibrí fir meánaosta trom fán chroí agus fán chois faoi ualach. Bhí Cathal meánaosta, bhí sé ocrach agus bhí a chinniúint féin ar a dhroim leis, ag dul suas an t-ard breac éagothrom dó ag tarraingt ar an tseanbhealach mhór. An casán a bhí aige le dhul, bhí páirt de ina shlodáin agus páirt ina chreaga; idir bhonn fhliuch agus choiscéim chorrach bhain sé an bealach mór amach. Seanbhóthar cam agus an gruaimhín go hard os cionn na bpáirceann. Istigh faoin ghruaimhín bhí gasúr bratógach, agus loirgneacha fada loma air, ag clamhairt go haimirneach ar phreáta fhuar. Nuair a chonaic sé Cathal ag tarraingt air faoin ualach d'imigh sé ina rith fá sheanteach a bhunaidh. Lig Cathal a dhroim le gruaimhín an bhealaigh mhóir agus rinne sé a scíste. Siar uaidh bhí an Droim Deileoir, rite leis an ghaoth aniar aduaidh, blár caoráin ar a chúl ina luí trasna go bun na spéire. Fada buan a d'fhanódh sé ag amharc ar an talamh sin agus ar an spéir, ach gur mhuscáil obair a bhí le déanamh é.

Níor casadh duine dó gur chuir sé leathmhíle talaimh de, agus gur chor sé soir bealach na hAilte Móire. Istigh ansin bhí fear agus asal leis a raibh péire feadhnóg uirthi, agus d'amharc siad araon air. Níor labhair fear na hasaile. D'imigh Cathal siar uaidh go spadánta ag éirí beag ar an bhealach mhór – agus manrán beag fágtha ag an tsruthán a bhí idir iad féin agus deireadh a n-aistear.

Chuir Cathal an chéad mhíle de. Ag éirí ar bharr an aird bhric

crossing the floor with it a lonesome cricket took up his song in some dark crevice, deep in the wall by the side of the fireplace.

Middle-aged labourers are heavy-hearted and heavy-footed under a burden. Cathal was middle-aged, he was hungry, and he carried his own fate on his back as he climbed the uneven speckled slope on his way to the old main road. The path he had to take was partly stagnant pools and partly rocky outcrop, and it was with wet feet and an unsteady gait that he reached the main road. It was a twisted old road with grassy banks rising high above the fields. In under the bank a ragged boy with long spindly shanks was gnawing ravenously at a raw potato. When he saw Cathal approaching with his burden, he raced off towards his people's old home. Cathal leaned against the bank of the road and rested. To the west of him was Drumdeilore, gouged by the north-west wind, an exposed bog stretching out behind it as far as the eye could see. He could have stayed there for a long time watching that land and the sky, but the work he had to do roused him.

He did not meet anyone until he had walked half a mile and turned east along the Altmore road. In the narrow glen was a man with a donkey carrying two panniers, and they both stared at him. The man with the donkey did not speak. Cathal trudged on slowly, growing smaller as he travelled down the road, while the stream that lay between them and their journey's end murmured feebly.

Cathal covered the first mile. As he came to the top of the

dó nocht ros fada fuar os a choinne, breacaithe le tithe beaga bochta a dheas dó, gan teach ná cónaí thíos ar a cheann, ach cladach íseal agus feádhaim de chúr gheal thart leis. Bhí aige le dhul go bruach an chladaigh sin. A fhad is a bhí sé san ailt bhí an foscadh aige, ach nuair a d'éirigh sé ar an airdeacht, tháinig séideán fuar air. Mhothaigh sé ina thuile é istigh ar a chraiceann faoina chuid bratóg. Bhí scíste eile riachtanach nuair a bhí an mhalaidh tógtha aige. Thug sé a chúl sa ghaoth agus lig sé a thaca le cloich, an corpán fuar mar chumhdach aige ón aimsir.

Ag an chroisbhealach thiontaigh sé ar thaobh a láimhe deise. Ba é an bealach ab fhaide é, ach bhí brat á thabhairt amach ag an Charnán. Bheóchadh braon an t-anam ann go ceann lae eile. Bhí sé ag éirí lag, deora allais ag teacht amach ar a chraiceann agus é á mhothachtáil féin fíorfholamh taobh istigh. Ach chonaic sé gogán de bhrat, gal folláin agus boladh as a chuir tuile pléisiúir fríd a cholainn. Ghéaraigh sé a choiscéim.

Bhí scaifte mór fán Charnán. Ag taobh an tí mhóir ansin bhí coire, agus bhí lucht a fhreastála i ndiaidh an brat a dhéanamh réidh. Bhí scaifte cruinn fán choire, óg agus aosta, daoine loma ocracha agus iad ag streachailt agus ag brú, ag tarraingt isteach ar an bhia. D'imigh an truaighe a bhí ag an lag don láidir. Bhí fir ag brú ban agus páistí as an chasán.

Chuaigh Cathal isteach ina measc agus an corp ar a dhroim leis. Níor chuir aon duine sonrú ann. Bhí trí nó ceathair de dhroimeanna ag lúbarnaigh idir é féin agus an coire. Chonaic sé cúig nó sé lámha ag gabháil trasna ar a chéile taobh istigh de bhéal an choire, soithigh dá mbualadh ar a chéile agus iad á

speckled slope, a long cold headland appeared before him. Nearest to him it was dotted with sorry little houses, but there was neither house nor dwelling out on its point, nothing but a low shoreline trimmed with white foam. He had to get to the edge of that shoreline. While he had been in the narrow glen he had shelter, but as he got up to higher ground he was hit by a blast of cold air. He felt it flood in through his rags and onto his skin. Another rest was needed by the time he had climbed the slope. He turned his back to the wind and leaned against a rock, the cold corpse protecting him from the weather.

At the crossroads he turned right. It was the longer route, but soup was being given out at Carnan. A drop would keep his soul alive for another day. He was getting weak, beads of sweat formed on his skin and he felt completely drained. But he imagined a bowl of soup, its hearty steam and smell sending a wave of pleasure through his body. He quickened his pace.

There was a big crowd at Carnan. A boiler stood at the side of the big house there and the attendants had just prepared the soup. A crowd had gathered around the boiler, young and old, gaunt hungry people struggling and shoving to get to the food. The strong no longer had pity for the weak; men were pushing women and children out of the way.

Cathal got in among them with the corpse on his back. No one paid any attention to him. Three or fours backs swayed between him and the boiler. He saw five or six hands crossing over each other inside the mouth of the boiler, vessels striking against each other and being spilt. A scrawny dark woman with fiery eyes

ndórtadh. Chaill bean dubh lom a raibh súile tintrí aici, chaill sí a seaspán sa bhrat,

"Mo sheacht mallacht ort, A Chaitríona na gadaíochta."

Thug sí iarraidh anall a strócadh na mná eile. Chuaigh Cathal isteach ina háit, agus chuir sé gogán a bhí leis isteach thar bhéal an choire. Leis sin beireadh greim taobh thiar ar an chorp a bhí ar a dhroim agus tarraingeadh amach ón choire go garbh é. Chuaigh sé cúig nó sé dhe choiscéimeacha amach agus thit sé.

Chruinnigh sé é féin suas agus d'amharc sé ar an té a chuir an truilleán leis. Fear mór toirteach agus aghaidh bhrúidiúil air.

"Caidé atá tusa a dhéanamh anseo?" ar seisean. "Mura bhfana tú amach, cuirfidh mé an corpán sin síos sa choire."

"Ná bac leat, a Chonchubhair," arsa Cathal agus d'imigh sé.

Níos brúite, níos nimhní, níos laige, d'imigh sé leis. Bhí an domhan ní ba dorcha ná bhí ariamh. Bhí an fuacht ní ba nimhní. Tharraing sé síos ar an ghob agus nuair a bhí sé ag an teach dheireanach, chuaigh sé isteach.

"Coisreacadh Dé orainn," arsa guth fann sa leabaidh.

"Tusa i do luí fosta, a Mhichil?" arsa Cathal.

"A Chathail Uí Chanainn, an tú atá ansin? Tá ualach bocht leat, a rún, ualach bocht."

"Tá, tá. Tháinig mé isteach a dh'iarraidh spáide."

"Gheobhaidh tú ag an bhinn í, a rún. Ualach bocht – ualach bocht."

Chuaigh Cathal síos go dtí an reilig a bhí ar léana an ghainimh. Seanreilig a raibh cnámha deich nginealach inti, ina luí ansin,

lost her saucepan in the soup,

"My Seven curses on you, Caitríona you thief!"
She lunged at the other woman to claw her. Cathal moved into
her place and reached a wooden bowl he had with him over the
rim of the boiler. With that, someone grabbed hold of the
corpse on his back and he was heaved away roughly from the
boiler. He reeled backwards five or six steps and fell.

He gathered himself to his feet and looked at the person who
had tripped him: a big heavy man with a brutish face.

"What are you doing here?" said he. "If you don't stay back,
I'll stuff that corpse down into the boiler."

"Don't bother yourself, Conchubhar," said Cathal and he
left.

He set off more deeply crushed, sorer, weaker. The world was
darker than ever. The cold was keener. He headed for the end
of the headland, and when he reached the last house, he went
in.

"May God bless us, " said a weak voice from the bed.

"Are you down with it too, Michael?" asked Cathal.

"Cathal Ó Canann, is that you? You have a terrible burden,
my dear, a terrible burden!"

"I have, I have. I came in for the loan of a spade."

"You'll find it at the gable, pet. A terrible burden – a terri-
ble burden."

Cathal went down to the graveyard which was on a stretch
of sandy land. An old graveyard holding the bones of ten

rite le doineann. Ní raibh mórán tumbaí inti; crosa adhmaid ba mhó a bhí inti, an mhórchuid acu briste. Agus bhí mórán mullóg inti nach raibh crosa ar bith orthu, an áit ar caitheadh síos fá dheifre na daoine a fuair bás ó tháinig an drochshaol. Chuartaigh Cathal an coirnéal a raibh cros a athara ann – í leath-bhriste agus a cloigeann sa ghainimh. Thoisigh sé agus thochail sé slat ar doimhne. Ní raibh croí aige a dhul níos faide síos. Rug sé ar an chorp a bhí mar a bheadh giota de mhaide ann agus d'fhág sé ina luí ansin é. Bhí sé iontach doiligh spád ghainimh a chaitheamh ar chorp nochtaithe. Ba doiligh an úir a chur os cionn na haghaidhe sin, isteach i bpoill an tsróna, fríd an fhéasóig. Bhí sé cosúil le marú duine. De réir a chéile chuaigh an cholann as a amharc. Ar feadh tamaill fhada bhí an dá ghlúin, a bhí rud beag crupaithe, os cionn an ghainimh, agus an fhéasóg ag gobadh aníos. Chuaigh sí i bhfolach, líonadh an uaigh go dtí go raibh sí ina mullóig cosúil leis na huaigheanna eile a bhí thart uirthi.

Chaith Cathal uaidh an spád agus chaith sé é féin síos ar an uaigh, a dhá láimh crupaithe fána cheann, agus é fuaite den talamh ina phianaigh.

Tháinig faoileann gheal thart ar eiteogaí os a chionn agus í ag screadaigh, ag screadaigh go léanmhar. Tháinig an ghrian amach as cúl néil, agus spréigh solas fann báiteach, a bhí mar a bheadh spiorad na tineadh agus spiorad an tsiocáin measctha le chéile, leath ar leath. Spréigh sé thart ar dhídean na gcorpán, ar pháirceanna preátaí gan tiontú, ar bhóithre a bhí uaigneach, ar thithe a raibh suaimhneas fá na ballaí acu.

generations lay there, scoured by storms. There were not many headstones in it, for the most part it had wooden crosses and most of those were broken. And there were plenty of mounds with no crosses at all, where the people who had died since the coming of the bad times had been thrown down in a hurry. Cathal searched the corner where his father's cross stood – it was half-broken, with its head in the sand. He set to work and dug a yard deep. He did not have the heart to go down any further. He took hold of the corpse, which was as stiff as a board, and laid it down. It was not easy to throw a spadeful of sand on an uncovered corpse. It was hard to let the soil fall on that face, into the nostrils, through the beard. It was like killing someone. The body slowly disappeared from view. For a long time both the knees, which had contracted a bit, poked through the sand, as did the beard. It disappeared, the grave was filled until it became a little mound like the other graves around it.

Cathal flung the spade aside and threw himself on the grave, his hands cradling his head, his body locked to the ground in his agony.

A white seagull circled overhead, crying, crying mournfully. The sun came out from behind a cloud, and spread a wan, fragile light, as if the essence of fire and the essence of ice were combined in equal measure. It spread out over the refuge of the dead, over the undug potato fields, over deserted lanes, over houses whose walls were silent.

Grásta ó Dhia ar Mhicí

Séamus Ó Grianna

I

Tháinig am na lánúineach agus ba mhaith le Conall Pheadair
Bhig bean aige. Ní bheadh sé rófhurast cleamhnas a dhéanamh
dó, nó duine a bhí ann nach dteachaigh mórán amach fríd
dhaoine ariamh. Ní théadh sé chun an Aifrinn ach uair amháin
sa bhliain, agus ba sin Lá Fhéil' Pádraig. Mura dtéadh féin, chan
díobháil creidimh a bhí air ach díobháil éadaigh. Ní fhacthas
ariamh culaith fhiúntach éadaigh air mar a tchífeá ar dhuine
eile. Ní bhíodh air ach bratógaí beaga saora a cheannaíodh a
mháthair dó ar na haontaí. Agus chasfaí cuid mhór ort a déar-
fadh dá gcuirtí an chulaith ba deise a rinneadh ariamh air go
sínfeadh sé é féin sa ghríosaigh inti agus a dhroim leis an tine.

Ach, ar scor ar bith, ba mhaith leis bean aige. Agus, ar ndóighe,
chan achasán atá mé a thabhairt fá sin dó. Níl mé ach ag inse
gur mhaith leis aige í. Agus bhí sé ag brath í a bheith aige roimh
an Inid sin a bhí chugainn. Anois, bhí dhá rud de dhíth air –
bean agus bríste. Ní raibh aon snáithe ar an duine bhocht ach
seanbhríste a bhí lán poll agus paistí, agus greamanna de shnáth
chasta agus de shnáth olla agus den uile chineál snátha ón bhásta
go dtí barr na n-osán.

"A mháthair," arsa Conall lena mháthair, i ndiaidh a inse di
go raibh rún aige a ghabháil chuig mnaoi, "cha dtiocfadh leat

God Rest Micí

Séamus Ó Grianna

I

The time for marrying came around again and Conall Pheadair Bhig wanted a wife. It would not be easy to make a match for him, for he was a man who did not mix much with people. He would go to mass only once a year and that was on St. Patrick's Day; but this was less for the want of faith than the want of clothes. You never saw him wearing a decent suit of clothes like you would see on other people. He wore nothing but cheap little rags his mother bought for him at the fairs. And you would meet plenty of people who would say that if you put him in the nicest suit every made he would stretch himself out in the ashes in it with his back to the fire.

But, anyway, he wanted a wife. And of course I am not criticising him for that. I am merely saying that he wanted to have one. And he intended to have her before the next Shrovetide. Now he needed two things – a wife and a pair of trousers. The poor man had not a single stitch to wear except an old pair of trousers that was full of holes and patches, stitched with cotton twist and woollen yarn and every kind of thread from the waist down to the bottom of the legs.

"Mother," said Conall to his mother after telling her that he intended to look for a wife, "you couldn't give me the price

luach bríste a thabhairt domh?"

"Ní thiocfadh liom, a mhic," ar sise. "Níl aon phingin rua faoi chreatacha an tí ach airgead na ngearrthach. Agus caithfidh mé sin a chur le Méaraí Pheigí Teamaí amárach chun an Chlocháin Léith. An bhfuil an bhean agat? Má tá, ba chóir go rachadh agat bríste a fháil ar iasacht."

"Tá náire orm," arsa Conall, "a ghabháil a dh'iarraidh iasacht bríste a phósfas mé."

"Ní bhíonn fear náireach éadálach," arsa an mháthair. "Is iomaí fear comh maith leat a pósadh sna hiasachtaí. Gabh amach a chéaduair agus faigh bean, agus nuair a bheas sí agat gabh chuig Simisín 'ac Fhionnaile, agus iarr iasacht bríste air. Tá Simisín agus mé féin ag maíomh gaoil ar a chéile, agus má tá dáimh ar bith ann ní dhiúltóidh sé thú."

"Má chaithim a ghabháil a dh'iarraidh na n-iasacht," arsa Conall, "nach fearr domh an bríste a iarraidh a chéaduair, ar eagla, nuair a gheobhainn an bhean, go bhfágfaí i mo shuí ar mo thóin mé de dhíobháil bríste?"

"Nach mbeadh sé lán comh holc," arsa an mháthair, "dá bhfaightheá an bríste agus dá bhfágthaí i do shuí ar do thóin thú de dhíobháil mná? Ach agat féin is fearr a fhios, creidim."

Duine beag cneasta bláfar a bhí i Simisín 'ac Fhionnaile. Agus bhí rud aige nach raibh ag mórán eile ach é féin. Bhí, trí bhríste. Bríste Domhnaigh, bríste chaite gach aon lae, agus bunbhríste. Ba é an bunbhríste a thug sé ar iasacht do Chonall Pheadair Bhig.

"Cuir cupla dúblú i gceann na n-osán," arsa seisean, "nó níl tú comh fada sna cosa liomsa. Agus anois, ádh mór ort."

of a pair of trousers?"

"I could not, son," said she. "There isn't a copper penny in the house except the money for the rates. And I've to send that to Dungloe tomorrow with Mary Pheigí Teamaí. Have you got the woman? If you have, you should to be able to get the loan of a pair of trousers."

"I'm ashamed," said Conall, "to go looking for the loan of a pair of trousers to get married in."

"Faint heart never won fair lady," said his mother. "Many's the man as good as you got married in borrowed clothes. Go out first and find a woman, and when you've got her, go over to Simisín 'ac Fhionnaile and ask him for the loan of a pair of trousers. Myself and Simisín are related, and if he has any sense of family he won't turn you down."

"If I have to go borrowing," said Conall, "wouldn't I be better off asking for the trousers first; just in case, once I'd got the woman, I'd be left sitting on my backside for the want of a pair of trousers."

"Wouldn't it be every bit as bad" said his mother, "if you got the trousers and you were left sitting on your backside for the want of a woman? But I suppose you know best."

Simisín 'ac Fhionnaile was a decent tidy wee man. And he had what few others had. Indeed he had, for he owned three pairs of trousers: Sunday trousers, trousers for everyday wear and a well-worn but passable pair. It was the passable trousers he lent Conall Pheadair Bhig.

"Turn up the bottoms of the trouser-legs a few times," said he "for you're not as long in the legs as me. And good luck to you now."

"Tá an bríste agam," arsa Conall leis féin. "Níl de dhíobháil orm anois ach an bhean."

Bhí cailín ar an bhaile a raibh a shúil aige uirthi, mar a bhí Sábha Néill Óig. Is minic a casadh air í agus chonacthas dó gur dheas an cailín í, ach ní bhfuair sé uchtach ariamh gnoithe pósta a chur ina láthair.

Ach, ar ndóighe, ní raibh feidhm air sin a dhéanamh. Chuirfeadh sé teachtaire chuici, an rud a níodh cuid mhór de chuid fear Cheann Dubhrainn. Chuaigh sé chun comhrá le Micí Sheáinín Gréasaí. Buachaill briosc-ghlórach aigeantach a bhí i Micí, agus bhí sé iontach geallmhar ar Shábha Néill Óig.

"A Mhicí," arsa Conall, "tá mé ag smaointiú a ghabháil chuig mnaoi."

"Tá an t-am de bhliain ann, a bhráthair," arsa Micí.

"Ba mhaith liom dá n-iarrthá thusa an bhean domh," arsa Conall.

"Iarrfad agus míle fáilte," arsa Micí. "Fágfaidh mise socair thú, a chailleach, agus beidh oíche mhór againn ar do bhainis nach raibh a leithéid sna Rosa le cuimhne na ndaoine. Cé chuici a bhfuil tú ag brath a ghabháil?"

"Tá, maise, cailín beag lách atá i mo shúile le fada – Sábha Néill Óig."

"Sábha Néill Óig!" arsa Micí, agus iontas an domhain air. Baineadh as é. Nárbh í sin an bhean a raibh rún aige féin a ghabháil chuici? Nach mbeadh port buailte air dá n-imíodh sí le fear eile air? Níor mhaith le Micí pósadh go ceann chupla bliain eile. Bhí eagla air, dá bpósadh, go bhfágfadh a athair ar an ghannchuid é. Agus ansin, bhí eagla air go mb'fhéidir go raibh

"I have the trousers," said Conall to himself. "All I need now is the woman."

There was a girl in the townland he had his eye on – Sábha Néill Óig. He had often met her and thought she was a nice girl, but he had never summoned up the courage to mention marriage to her.

But, of course, there was no need for him to do that. He would send a messenger to her, as was the custom with the Kindoran men. He went to talk to Micí Sheáinín Gréasaí the shoemaker's son. Micí was a lively brisk-talking lad and he was very fond of Sábha Néill Óig.

"Micí," says Conall, "I'm thinking of looking for a wife."
"It's that time of year, brother," says Micí.
"I'd like you to ask for the woman for me," said Conall.

"I'm more than happy to ask for her," said Micí, "I'll leave you settled, boy, and we'll have a night at your wedding that the people of the Rosses never saw the likes of. Who were you hoping to ask?"
"Well now, a lovely wee girl I've had my eye on for a long time, Sábha Néill Óig."
"Sábha Néill Óig!" says Micí in amazement. He was taken aback. Wasn't she the very girl he had in mind to ask for himself? Wouldn't the joke be on him if she went off with another man? Micí did not want to marry for another couple of years. He was afraid that if he did his father would leave him short. And he was afraid as well that Sábha might be shrewd enough,

33

a oiread den tseaneagnaíochta ag Sábha agus, dá dtigeadh fear eile thart idir an dá am, go santódh sí éan ina dorn de rogha ar dhá éan sa choill.

"Is fearr duit bean inteacht eile a fhéacháil," arsa Micí. "Cluinimse go bhfuil lámh is focal idir Sábha Néill Óig agus Pat Rua as Mullach na Tulcha. Agus níor mhaith duit do dhiúltú. Sin an rud is measa a d'éirigh d'aon fhear ariamh. Nó an bhean a bheadh ar bharr a cos ag gabháil leat anocht, ní amharcódh sí sa taobh den tír a mbeifeá san oíche amárach ach fios a bheith aici gur diúltaíodh thú. Chan tusa sin ach fear ar bith eile comh maith leat. Tá ciall iontach ag na mná. Chaithfeadh bean acu seacht saol díomhaoin sula nglacfadh sí fuíoll mná eile. Dá mba mise thú ní bhuairfinn mo cheann le Sábha Néill Óig. Ach an bhfuil a fhios agat cailín nach eagal di do dhiúltú? Agus cailín atá inchurtha le Sábha Néill Óig lá ar bith sa bhliain, mar atá, Róise Shéamais Thuathail i gCró na Madadh. Tá giota beag lách talaimh ansiúd, agus is léithe a thitfeas sé. Agus an gcreidfeá mé gur minic a chuala mé í ag caint ort?"

"Níl dúil agam inti," arsa Conall.

"Bhail, Méabha Mhánuis Duibh?" arsa Micí.

"Seo," arsa Conall, "mura bhfuil tú sásta Sábha Néill Óig a iarraidh domh gheobhaidh mé fear inteacht eile a dhéanfas mo theachtaireacht."

"Ó, rachaidh mise, cinnte, a Chonaill," arsa Micí. "Ní raibh mé ach ag cur ar do shúile duit go raibh contúirt ort go ndiúltófaí thú."

"Maith go leor," arsa Conall, "rachaidh mé síos anocht chuig Eoghan Beag go bhfaighe mé buidéal poitín, agus bí ar do

that if a man came her way in the meantime, she would prefer to have a bird in the hand than two in the bush.

"You'd better try some other woman," said Mící, "I hear that Sábha Néill Óig and Pat Rua from Mullaghnatulla are engaged. It will do you no good to be turned down. That's the worst thing that could happen to any man. For the woman who'd go with you like a shot tonight wouldn't look at you sideways tomorrow night if she knew you'd been refused. It's not just you, but any man at all. Women have a strange way of looking at things. A woman would rather spend seven life-times unmarried that take the leavings of another woman. If I were you, I wouldn't bother my head with Sábha Néill Óig. But do you know one girl who'd never refuse you? And a girl who's just as good as Sábha Néill Óig any day; that's Róise Shéamais Thuathail, from Croaghnamaddy. There's a tidy little bit of land there and she'll inherit it. Would you believe that I've often heard her talking about you?"

"I don't like her." said Conall.

"Well, what about Méabha Mhánuis Duibh?' says Mící.

"Here," said Conall, "if you're not willing to ask for Sábha for me, I'll get somebody else to take the message."

"Oh, I'll go surely, Conall," said Mící, "I was only trying to warn you that there's a danger you might be refused."

"Fair enough," says Conall, "I'll go down tonight to Eoghan Beag to get a bottle of poteen, and you be ready tomorrow night

chois san oíche amárach in ainm Dé."

An oíche arna mhárach d'imigh Micí ag tarraingt tigh Néill Óig. Chaithfeadh sé an teachtaireacht a dhéanamh. Mura dtéadh seisean b'fhurast do Chonall fear a fháil a rachadh. Agus dar le Micí nach raibh an dara bealach éalaithe ann ach é féin a ghabháil sa teachtaireacht, agus dá bhfeiceadh sé go raibh con-túirt ar Shábha Conall a ghlacadh, go n-iarrfadh seisean dó féin í, déanadh a athair a rogha rud leis an talamh ina dhiaidh sin.

Ar a theacht isteach tigh Néill Óig dó, ar ndóighe, cuireadh fáilte charthanach roimhe.

"Seo dhuit, dearg é seo," arsa Niall Óg.

"Níor cheart dúinn labhairt leis," arsa bean an tí. "Thréig sé sinn le fada an lá."

"Tá mé ag teacht chugaibh le scéal greannmhar anocht," arsa Micí, agus rinne sé draothadh de gháire dhrochmheasúil, ag iarraidh comh beag agus ab fhéidir a dhéanamh den teach-taireacht a bhí idir lámha aige. "Chuir fear anseo anocht mé a dh'iarraidh mná."

Chuaigh Sábha a chur mónadh ar an tine.

"An bhfuil dochar a fhiafraí cén fear?" arsa bean an tí.

"Maise, creidim nach bhfuil," arsa Micí. "Níl mise ach ag déanamh teachtaireachta. Agus caithfidh duine teachtaireacht a dhéanamh corruair."

Rinne sé gáire eile. "D'iarr mise air ciall a bheith aige agus cromadh ar a mhacasamhail féin eile. Ach ní raibh gar domh a bheith leis . . . An duine bocht, mura n-athraí sé béasa níl mórán gnoithe le mnaoi aige."

in the name of God."

The following night Mící set out for Niall Óg's house. He would have to deliver the message. If he didn't go, Conall could easily get another man who would. And it seemed to Mící that he had no choice but to go on the errand himself, and if he saw that there was any danger of Sábha accepting Conall, he would ask for her himself, let his father do what he liked with the land after that.

Of course he got a hearty welcome at Niall Óg's house.

"Here you go, light this." said Niall Óg.

"We shouldn't speak to him," said the woman of the house, "He's abandoned us this long time."

"I'm coming to you with a strange story tonight," said Mící, and he gave a derisive little laugh, trying to make as little as possible of the message he was about to deliver. "A man sent me here tonight to make a match."

Sábha started to put turf on the fire.

"Is there any harm in asking who the man is?" said the woman of the house.

"Well, I suppose not," said Mící, "I'm only passing on the message. And you have to pass on a message now and again."

He gave another laugh. "I told him to have sense and to start looking for someone more like himself. But it was no use talking to him … The poor man, if he doesn't mend his ways he'll not have much call for a wife."

"Cén fear é?" arsa bean an tí.

"Ní thomhaisfeá choíche é," arsa Micí. "Conall Pheadair Bhig."

"Ba cheart dó a bheith críonna dá leanadh sé a dtáinig roimhe," arsa bean an tí.

"Bhail anois," arsa Micí, "ní mise a ba chóir a rá, ach ina dhiaidh sin, an fhírinne choíche. Tá sé iontach falsa: tá cuid dá chuid preátaí le baint go fóill aige. Agus rud eile, ach nach mbeinn ag caint air, tá sé tugtha don ghloine. Dhíol sé colpach an t-aonach seo a chuaigh thart agus níor stad sé gur ól sé an phingin dheireanach dá luach, é féin agus scaifte tincléirí. Bhí sé ar na cannaí tráthnóna, agus bhuail sé Séamas an Ruiséalaigh le buille de bhata."

"Níor bhuail gur baineadh as é," arsa Sábha.

"Níl agamsa ach an rud a chuala mé," arsa Micí. "Tarlach Mhéibhe Báine a dúirt liom go bhfaca sé é, agus chonacthas domh gur chlóite an rud dó bata a tharraingt ar sheanduine."

"Ní scéal scéil atá agam air," arsa Sábha. "Bhí mé i mo sheasamh ann. Séamas a chuir troid air agus gan é ag cur chuige nó uaidh. Bhí sé iontach dímúinte, mar Shéamas. Mo sheacht ngáirbheannacht ar Chonall é a bhualadh."

"Bhail, b'fhéidir gur mar sin a bhí," arsa Micí. "Mar a dúirt mé, níl agamsa ach mar a chuala mé. Is annamh a théim chun an aonaigh. Ní théim ach nuair a bhíos mo ghnoithe ann. Ach, ar scor ar bith, níl mórán teacht i dtír sa duine bhocht. Níor mhaith liomsa a dhath a rá leis. Ach tógadh sa doras agam é agus tá a fhios agam nach bhfuil maith ag obair ann. Ní chuireann sé spád i dtalamh bliain ar bith go dtige lá an Aibreáin."

"Who is he?" said the woman of the house.

"You'd never guess," said Micí, "Conall Pheadair Bhig."

"He should be thrifty if he takes after his people before him," said the woman of the house.

"Well now." says Micí, "it's not me that should be saying it, but it's best to tell the truth. He's very lazy, he has yet to dig some of his potatoes. And another thing, only that I wouldn't be talking about it, he's fond of a glass. He sold a yearling heifer at the last fair, and he didn't stop till he had drunk its price, himself and a crowd of tinkers. He was roaring drunk by the afternoon and he hit Séamas an Ruiséalaigh with a stick."

"He didn't till he was goaded to it," said Sábha.

"I only know what I heard," says Micí. "Tarlach Mhéibhe Báine told me he saw him, and it seemed to me that it was a cowardly thing to take a stick to an old man."

"I'm not relying on someone else's tale," answered Sábha. "I was standing there. Séamas started the fight and Conall wasn't bothering him one way or the other. He was very bad-mannered, was Séamus. Conall did right to hit him."

"Well, maybe that's how it was," said Micí, "but as I said, I was only telling you what I heard. I rarely go to the fair. I only go when I have business there. But at any rate, there's not much get-up and go in the poor man. I didn't like to say anything to him. But he was reared next door to me and I know that he's not a good worker. He never sticks a spade in the ground before the first of April any year."

"Maise, níl a fhios agam cé a rómhair an cuibhreann fiaraigh atá faoin teach aige," arsa Sábha.

Dar le Micí, seo scéal iontach. Sábha á chosaint! Smaointigh sé anois gur thoisigh sé ar an scéal ar an dóigh chontráilte, gurbh fhearr ligean air féin a chéaduair gur chuma leis cé acu a ghlacfadh Sábha Conall Pheadair Bhig nó a dhiúltódh sí é. Ach dá mba i ndán is go nglacfadh sí é!

"Caidé bhur mbarúilse?" ar seisean leis an tseanlánúin.

"Ní chuirfidh muidinne chuici nó uaithi," arsa an seanduine. "Í féin is cóir a bheith sásta, ós aici atá a saol le caitheamh ina chuideachta."

Ní raibh uchtach ag Micí an scéal a chur ní b'fhaide. Bhí an cluiche caillte aige. Chaithfeadh sé Sábha a iarraidh dó féin anois nó í a ligean le fear eile.

"Bhail," ar seisean, "tá sé comh maith an fhírinne a dhéanamh agus an greann a fhágáil inár ndiaidh. Domh féin atá mé ag iarraidh na mná."

Níor labhair aon duine.

Bhí Sábha ag cardáil. Thóg sí tláman olla agus thoisigh sí á chur ar chár an charda, mar nach mbeadh baint ag an chomhrá léithe.

"Caithfidh na daoine a bheith ag déanamh grinn corruair," arsa Micí, nuair a fágadh ina thost é.

"Shíl mé nach raibh rún pósta agat go fóill," arsa an tseanbhean.

"Ní ligeann duine a rún le héanacha an aeir ar na saolta deireanacha seo," arsa Micí.

"Bhail," arsa an seanduine, "mar a dúirt mé cheana féin, ní

"Really, I wonder who broke that new ground in the field below his house," said Sábha.

Micí thought this was a pretty strange turn of events. Sábha was defending him! He realised now that he had gone about things in the wrong way, that it would have been better if he had pretended at first that he didn't care whether Sábha accepted or refused Conall. But what if she accepted him!

"What do you think?" said he to the old couple.

"We won't interfere," said the old man, "She's the one who has to be satisfied, since she's the one who has to spend the rest of her life with him."

Micí hadn't the courage to push the matter any further. He had lost the game. He would have to ask for Sábha for himself now or let another man have her.

"Well," said he, "I might as well tell the truth and stop joking. It's me who's looking for the wife."

Nobody spoke.

Sábha was carding. She took a tuft of wool and she set it on the teeth of the card, as if the conversation did not concern her.

"People must have a little joke now and then," said Micí, to fill the silence.

"I thought you had no intention of marrying yet," said the old woman.

"A man doesn't let the birds of the air know his intentions these days," said Micí.

"Well," said the old man, "as I've said before, we don't

rún dúinne a ghabháil idir í féin agus a rogha. Caidé a deir tú,
a Shábha?"

"Maise," arsa Sábha, "ní bheinn gan féirín agam, fear a
bheadh ag ithe na comharsan. Ar chuala aon duine ariamh a
leithéid de chúlchaint ar an bhuachaill bhocht chneasta nár
choir is nár cháin? Is beag is lú orm ná baint an chraicinn den
chomharsain."

"Seo," arsa an mháthair, "stad den tseanmóir agus abair rud
inteacht de dhá rud."

"Maise, ní raibh rún ar bith pósta agam i mbliana," arsa
Sábha.

"Seo," arsa an t-athair, "abair cé bith atá le rá agat."

"Bhail," ar sise, go míshásta i gcosúlacht, "caithfidh mé faill
a fháil culaith éadaigh a fháil. Cad chuige nár chuir tú scéala
chugam go raibh tú ag teacht? Ar ndóighe, ní dhéanfadh sé
spuaic ar do theanga."

Bhí an méid sin socair. Ar maidin lá arna mhárach bhí ábhar
cainte ag seanmhná na mbailte. Bhí, comh maith agus a bhí acu
lena gcuimhne. Conall Pheadair Bhig a chuir Micí Sheáinín
Gréasaí a dh'iarraidh mná, agus d'iarr Micí an bhean dó féin.

I gceann na seachtaine pósadh an lánúin. D'imigh Conall
Pheadair Bhig agus d'ól sé a sháith, agus nuair a bhí sin déanta
aige níor stad sé gur bhain teach na bainse amach gan chuireadh
gan chóiste. Chuaigh sé isteach agus shuigh sé i dtaobh an tí. Ba
ghairid gur éirigh sé ina sheasamh. Bhí a shúile leathdhruidte
agus a cheann ag titim ar a ghualainn. Thug sé cupla coiscéim
corrach aníos in aice na tineadh.

intend to interfere with her choice. What do you say, Sábha?"

"Well," said Sábha, "wouldn't I have the right prize, a man who would bad-mouth his neighbours? Did anyone ever hear such backbiting about a poor honest lad who never did anyone any harm? If there's anything I can't bear, it's doing down the neighbours."

"Here now," said her mother, "enough of the sermon, say one thing or the other."

"Indeed, I hadn't thought of marrying this year," said Sábha.

"Come on now," said her father, "say whatever you have to say."

"Well," said she, with all the appearance of dissatisfaction, "I'll need time to get an outfit. Why didn't you send me word you were coming? It wouldn't have raised a blister on your tongue."

That much was settled. The next morning the old women of the area had plenty to gossip about. Yes, as good a topic as they could remember. Conall Pheadair Bhig had sent Micí Sheáinín Gréasaí to make a match for him and Micí had asked for the woman himself.

The couple were married at the end of the week. Conall Pheadair Bhig went off and drank his fill, and when he had done that he did not stop until he arrived at the wedding house without leave or invitation. He went in and sat by the wall. It was not long before he stood up. His eyes were half-closed and his head lolled on his shoulders. He took a couple of shaky steps up towards the fireplace.

Chaithfeadh seisean Sábha a fheiceáil, go bhfeiceadh sé cad chuige a dtearn sí a leithéid seo de chleas. Agus chaithfeadh sé cupla focal a labhairt le Micí Sheáinín Gréasaí! D'imigh an lánúin chun an tseomra as an chasán aige, agus thoisigh fear an tí a dh'iarraidh ciall a chur ann.

"Tá mise mé féin comh maith le mac Sheáinín na seanbhróg," arsa Conall.

"Is beag a bhéarfadh orm a ghabháil síos agus a mhuineál a bhriseadh ar leic an dorais," arsa Micí le Sábha.

"Ó, a Mhicí," arsa Sábha, ag cur a cuid lámh thart air, "ar ndóighe, ní thabharfá do chiall i gceann chéille an mharla sin! Bheifeá náirithe choíche do lámh a fhágáil thíos leis. Níl cuid bhuailte sa tsompla bhocht."

"Murab é go bhfuil sé ar meisce," arsa Micí, "bhéarfainn tochas a chluaise dó, bhéarfainn sin."

"Ar meisce nó ina chéill é, ní fiú duit labhairt leis," arsa Sábha. "Nach bhfuil a fhios agat féin agus ag achan duine eile go bhfuil lear ar an duine bhocht? Ar ndóighe, dá mbeadh ciall aige ní iarrfadh sé mise le pósadh, an sreamaide bocht!"

"Maise, ba dúthrachtach a chuaigh tú ar a shon an oíche sin," arsa Micí.

"Tá, bhí a oiread mire orm leat cionn is gur shamhail tú go nglacfainn é agus go gcuirfinn i d'éadan, ba chuma caidé a déarfá. Cuireann sé fearg orm go fóill nuair a smaointím go gcuirfeá síos domh go bpósfainn an dobhrán bocht sin thíos, dá mbeadh gan aon fhear a bheith ar an domhan ach é féin."

"Seo anois, a stór, nach bhfuil sin thart?" arsa Micí.

He had to see Sábha so that he could find out why she had played such a trick on him. And he would have to have a few words with Micí Sheáinín Gréasaí! The couple went up the bedroom to get away from him and the man of the house tried to make him see sense.

"I'm as good a man any day as the son of Seáinín of the old boots." said Conall.

"It wouldn't take much to make me to go down and break his neck on the doorstep," said Micí to Sábha.

"Oh! Micí," said Sábha, putting her arms around him, "you wouldn't quarrel with that useless gaum. You'd be disgraced forever if you lowered yourself to his level. That poor specimen is not worth hitting."

"Only for he's drunk," said Micí, "I'd warm his ear for him, I would too."

"Drunk or sober, he's not worth talking to," said Sábha. "Don't you and everyone else know that there is a bit of a want in the poor man? Of course, if he had any sense he wouldn't have asked me to marry him, the bleary-eyed fool."

"Well, you certainly stood up for him that night." said Micí.

"Yes, because I was so angry with you for thinking I'd accept him that I'd have contradicted you no matter what you said. It still makes me angry to think that you'd imagine me marrying that poor half-wit down there, even if he was the last man on earth."

"Here now, love, isn't all that in the past?" said Micí.

II

Cúig bliana ón am sin bhí Micí Sheáinín Gréasaí ar leaba an bháis. Bhí Sábha thart fán leabaidh ag tabhairt aire dó agus í ag borrchaoineadh agus ag mairgnigh. Nuair a tháinig m'athair isteach le cliabh mónadh, agus bhuail sé i dtaobh an tí é, níor labhair Sábha leis. Ach níor chuir sin iontas ar bith ar m'athair. Bhí a fhios aige go raibh a bun is a cíoradh uirthi. Nuair a tháinig mo mháthair isteach agus buidéal an bhainne léithe níor labhair Sábha ach oiread. D'fhág mo mháthair an bainne ar urlár an drisiúir agus tháinig aníos chun na tineadh.

"Caidé mar a chuir sé isteach an oíche aréir?" ar sise le bean an tí.

"Ó, 'rún, chuir go beag de mhaith," arsa Sábha, agus bhris an gol uirthi. "Micí bocht!" ar sise fríd smeacharnaigh, "Is air a tháinig a sháith an iarraidh seo."

Tháinig Conall Pheadair Bhig isteach.

"Caidé mar tá sé inniu?" ar seisean.

"Leoga, a Chonaill, a thaisce," arsa Sábha, "tá go cloíte." Agus, má dúirt féin, b'fhíor di. An oíche sin fuair Micí bás.

Chruinnigh lán an tí isteach chun na faire. Thug Conall Pheadair Bhig cochán don eallach agus thug sé isteach móin. Chuaigh cupla duine eile chun an tsiopa fá choinne tobaca agus píopaí, agus cóiríodh an teach fá choinne na faire.

"A Chonaill," arsa an bhaintreach, "cuir thusa thart an tobaca. Agus cuir thart go fial fairsing é, agus caitheadh siad a sáith de os cionn chroí na féile. Nó, leoga, ba é sin é," ar sise, agus suas go colbha na leapa léithe agus thoisigh sí a chaoineadh.

D'éirigh seanbhean chreapalta liath – máthair an fhir a bhí ar lár

II

Five years on, Micí Sheáinín Gréasaí lay dying. Sábha was by his bedside, caring for him while softly crying and weeping. When my father came in with a creel of turf and set it down at the side of the house, Sábha did not speak to him. But that did not surprise my father. He knew that she had enough to worry about. When my mother came in with the bottle of milk, Sábha did not speak either. My mother left the milk on the bottom of the dresser and came up to the fire.

"How did he pass the night?" said she to the woman of the house.

"Oh! not very well, my dear," said Sábha, and she started crying. "Poor Micí" said she through her sobs, "he's been hit hard this time."

Conall Pheadair Bhig came in.

"How is he today?" says he.

"Indeed, Conall dear," said Sábha, "he's very low." And she spoke the truth. Micí died that night.

The house filled for the wake. Conall Pheadair Bhig gave the cattle hay and he brought in turf. A few others went to the shop for tobacco and pipes, and the house was made ready for the wake.

"Conall," said the widow, "you hand round the tobacco. And be generous with it and let them smoke their fill over the most hospitable of men. For he certainly was that," says she, and up she went to his bedside and began to keen.

A crippled old grey-haired woman got up – the mother of the

– agus chuaigh anonn chun na leapa agus thoisigh a chaoineadh fosta. Gheofá cuid a déarfadh nach raibh maith sa tseanbhean ag caoineadh, nó nach raibh aici ach na cupla focal. "Óch óch agus óch óch, a leanbh, go deo deo deo!" Ach níorbh é sin do Shábha é. Chluinfeá ise míle ó bhaile.

"Órú, a Mhicí, agus a Mhicí," a deireadh sí, "is ort atá an codladh trom anocht. Is iomaí uair aréir a d'fhiafraigh tú domh an raibh sé de chóir an lae, ach is cuma leat anocht. Órú, ba é sin an lá dubh domhsa. A Mhicí, is leat ba doiligh luí ar chúl do chinn lá an earraigh dá mba ar do mhaith a bheadh . . . Fán am seo aréir d'iarr tú deoch, ach níl tart ar bith anocht ort. A Mhicí, caidé a rinne tú orm ar chor ar bith? Órú, a Mhicí, do leanbh agus do leanbh, agus é ag fiafraí an bhfuil i bhfad go músclaí a athair! Ach is fada dó a bheith ag fanacht leat do shúile a fhoscladh."

Chuir Conall Pheadair Bhig thart neart tobaca dhá oíche na faire. Thug sé isteach móin sa lá agus rinne sé cuid mhór timireachta fán teach.

"Anois, duine beag maith Conall Pheadair Bhig," arsa m'athair le mo mháthair. "Agus duine beag gan cheilg. Is iomaí a leithéid nach dtiocfadh ar amharc an tí. Ach, ar ndóighe, is é is fearr a rinne é, ó tharla an chiall sin aige."

"M'anam, a Fheilimí, go mb'fhéidir go bhfeicfeá ag a chéile go fóill iad," arsa mo mháthair. "Ní raibh sí ag tabhairt fá dear aon duine an lá fá dheireadh nuair a bhí mé ann leis an bhainne, bhí an oiread sin buartha uirthi. Ach dá bhfeictheá comh cineálta agus a bheannaigh sí do Chonall as measc an scaifte."

"Is agat ariamh a gheofaí an scéal a mbeadh an craiceann air," arsa m'athair.

dead man – and went over to the bed, and began to keen too. Some would say that the old woman could not keen very well as she only had a few sayings, "Och, och and och, och, my child, forever and ever!" But you couldn't say that about Sábha. You would have heard her a mile away.

"Oro, Mící, Mící," she would say, "It's you that's sleeping heavily tonight. Many's the time last night you asked me if it was near dawn, but you don't care tonight. Oro, but that was the black day for me. Mící, it's you that would find it hard to lie on your back of a Spring day, if you were well . . . This time last night you asked for a drink, but you're not thirsty tonight. What have you done to me, Mící? Oro, Mící, your child, your child keeps asking when his father will wake up! But he'll be a long time waiting for you to open your eyes."

Conall Pheadair Bhig handed round plenty of tobacco both nights of the wake. He brought in turf during the day and did a lot of little jobs about the house.

"Now, Conall Pheadair Bhig is a decent wee man," said my father to my mother, "and he's a wee man who doesn't hold a grudge. Many's the one in his position wouldn't come near the house. But, he's the man for it since he's of a mind to do it."

"Feilimí, it wouldn't surprise me if you'd see them together yet," said my mother, "she was so upset the other day, she didn't pay any attention to anyone. But if you had seen how kindly she greeted Conall above all the others."

"You always have the stories with the meat on them." said my father.

"Siúd an fhírinne," arsa mo mháthair.

Tháinig lá an tórraimh. Tugadh an corp chun na reilige agus cuireadh é. Chuidigh Conall Pheadair an uaigh a líonadh. Bhuail sé na scratha glasa le cúl na spáide agus dhing lena chois iad thart fá bhun na croise. Chaoin Sábha go bog binn.

"Seo, a Shábha, tá do sháith déanta," arsa bean na comharsan. "Níl sé maith daonán a dhéanamh. Éirigh agus siúil leat chun an bhaile."

Bhíodh Sábha i gcónaí ag caint ar an fhear a d'imigh. Bhí cuimhne aici ar na háiteacha a shiúil sé ina cuideachta agus ar na rudaí a dúirt sé léithe. Théadh sí amach ar maidin agus chaoineadh sí comh hard agus a bhí ina ceann. D'fhéach cuid de na comharsana cupla uair le ciall a chur inti.

"Níl sé maith agat a bheith ag caoineadh mar atá tú," arsa Siúgaí Ní Bhraonán lá amháin. "Chan fhuil tú ag smaointú go dtiocfadh leis an scéal a bheith níos measa. Tá tú breá láidir, agus tú i dtús do shaoil agus gan de chúram ort ach an gasúr beag sin, slán a bheas sé. Is iomaí baintreach ba mhó i bhfad a raibh ábhar caointe aici ná atá agat. Is iomaí sin."

"Órú, nach glas is fiú domh mo sháith a chaoineadh?" arsa Sábha. "Agus nach cuma domh feasta caidé a éireos domh ó chaill mé an fear ab fhearr a bhí ag aon bhean ariamh?"

Ba é an dara rud a rinne Siúgaí ruaig a thabhairt siar tigh Sheáinín Gréasaí. Bhí an tseanlánúin ina suí os cionn beochán tineadh agus cuma bhrúite orthu.

"Tá mé i ndiaidh a bheith thíos ansin ag Sábha bhocht," arsa Siúgaí, "agus tá an créatúr iontach buartha. Ach, ar

"That's the truth," said my mother.

The day of the funeral came. The corpse was brought to the churchyard and buried. Conall Pheadair helped fill the grave. He patted the green sods with the back of the spade and pressed them down around the bottom of the cross with his foot. Sábha wept softly.

"Now Sábha, you've cried enough" said one of the neighbour women, "There's no point in overdoing the crying. Get up and come on home."

Sábha was always talking about the man who died. She remembered the places they had walked together and the things he had said to her. She used to go out in the morning and she'd cry her heart out. Some of the neighbours tried to bring her to her senses a few times.

"It's not good for you to be crying like that," said Siúgaí Ní Bhraonán one day. "Don't you realise that things could be much worse? You're fine and strong and you're young and you've got no responsibility only for that wee boy, bless him. Many's the widow had far greater cause for tears than you. Many's the one."

"Oro, isn't it a small comfort for me to cry my fill," said Sábha, "And what do I care what happens to me since I lost the best man a woman ever had."

The next thing that Siúgaí did was to take a run over to Seáinín Gréasaí's house. The old couple were sitting over a meagre fire, looking broken-hearted.

"I've just been down at poor Sábha's," said Siúgaí, "and the poor soul is very down. And, of course, she has every good

ndóighe, a ábhar sin atá aici."

"Ó, sin féin an buaireamh atá taobh amuigh dá ceirteach," arsa an tseanbhean. "Mo leanbh, is mairg dó a chuir é féin chun na cille ag iarraidh droim díomhaoin a thabhairt di. Dá dtugadh sé aire dó féin, agus gan leath a dhéanamh de féin agus leath den tsaol, ní bheadh sé faoi na fóide inniu. Ach ní ligfeadh sí dó aire a thabhairt dó féin. Anois tá sí ag caoineadh. Tháinig an ailleog ariamh go réidh lena dream – lucht na ngruann tirim. Ach is againne atá ábhar an bhuartha. Is againn sin."

III

Seachtain ina dhiaidh sin tháinig Conall Pheadair Bhig a dh'airneál chuig Sábha.

"Tháinig mé a thógáil cian díot," ar seisean.

Bhris an caoineadh uirthise.

"A Chonaill, a Chonaill," ar sise, "níl Micí romhat anocht le labhairt leat. Dá mbeadh, ba air a bheadh an lúcháir romhat. Nó ba mhinic ag caint ort é."

"Seo," arsa Conall, "níl maith a bheith ag caoineadh."

Is é rud a tháinig racht níos tréine uirthi.

"Órú, a Chonaill, is réidh agat é," ar sise, agus d'amharc sí air go truacánta.

" 'Bhfuil a fhios agat," arsa Conall, "caidé a bhí an Sagart Mór Ó Dónaill a inse do mo mháthair nuair a bhí m'athair bocht, grásta Ó Dhia air, i ndiaidh bás a fháil? Tá, d'iarr sé uirthi stad den daonán nó go mb'fhéidir gur dochar a bhí sí a dhéanamh don anam a d'fhág an cholainn. Dúirt sé go gcoinníonn barraíocht an chaointe as a bhfáras na créatúir."

reason to be."

"Oh, that grief is all for show," said the old woman. "Isn't it a pity that my child worked himself into the grave to leave her idle. If he'd taken care of himself, instead of making two halves of himself, he wouldn't be under the sod today. But she wouldn't let him take care of himself. Now, she's crying. A wail always came easy to her crowd – a dry-eyed lot. But we have cause to be grieving. We certainly have that."

III

The following week Conall Pheadair Bhig came to visit Sábha.

"I came to cheer you up," said he.
She burst out crying.

"Conall, Conall," said she, "Mící is not here to talk to you tonight. But if he was, he'd be so happy to see you. For he often talked about you."

"There now," said Conall, "there's no point in crying."
That only made her cry more.

"Oro, Conall, it's easy for you," said she and she looked at him mournfully.

"Do you know," said Conall, "what big Father Ó Dónaill was telling my mother when my poor father died, God rest him? Well, he asked her to stop the lamentation in case she might be doing harm to the soul that had left the body. He said that too much crying keeps the poor souls out of heaven!"

"Is mairg a choinneodh an duine bocht bomaite amháin as a fháras," arsa Sábha.

"Bí ag guí ar a shon," arsa Conall. "Sin an rud is fearr dó féin agus duitse."

"Dá mbeadh airgead agam," ar sise, "chuirfinn tumba os a chionn."

"Tá sé curtha in áit dheas," arsa Conall.

"Tá, dá mbeadh deis bheag curtha ar an uaigh," arsa Sábha. " 'Bhfuil a fhios agat caidé a ba mhaith liom a dhéanamh amach anseo nuair a thiocfas an samhradh? Tá, lasta de ghaineamh sligeán agus dornán de chlocha duirlinge a thabhairt aníos as Oitir an Dúin Mhóir agus an uaigh a chóiriú."

"Beidh mise leat leis an bhád am ar bith ar mian leat é," arsa Conall. "Ach caithfimid a ghabháil go hOileán Eala fá choinne na gcloch."

Maidin dheas shamhraidh agus cuid bád Cheann Dubhrainn ag gabháil a dh'iascaireacht. Bhí feothan deas gaoithe anuas ó na sléibhte agus tuairim is ar uair tráite ag an lán mhara. Tháinig bád amach as an chaslaigh agus gan inti ach beirt – Conall agus Sábha. Bhí bád Mhicheáil Thaidhg ag teacht anuas ina ndiaidh.

"Níl a fhios agam cén bád í sin síos romhainn?" arsa fear den fhoireann.

"Tá, bád Pheadair Bhig, más ar Pheadar is cóir a maíomh, grásta ón Rí ar an duine bhocht," arsa fear eile.

"Agus cé sin ar an stiúir?"

"Tá, Conall."

"Níl a fhios agam cén bhean atá leis?"

"It would be a terrible thing to keep the poor man a single minute from his just reward." said Sábha.

"Pray for him," said Conall. "That's the best thing for him and for you."

"If I had money," said she, "I'd put a headstone over him."

"He's buried in a nice place," said Conall.

"Yes, if the grave was tidied up a bit," said Sábha. "Do you know what I'd like to do later on, when the summer comes? I'd like to bring up a load of shell sand and beach cobbles from the Dunmore sandbank and fix up the grave."

"I'll go in the boat with you any time you like," said Conall. "But we'll have to go to Allagh Island for the stones."

It was a fine Summer's morning and the boats of Kindoran were going fishing. There was a nice breeze blowing down from the mountains and the tide was on the ebb for about an hour. A boat came out from the mooring place and there were only two people in it – Conall and Sábha. Micheál Thaidhg's boat was coming behind them.

"I wonder whose boat that is going out ahead of us?" said one of the crew.

"That's Peadar Beag's boat, if it is right to call it Peadar's, God rest the poor man," said another.

"And who's that at the rudder?"

"Conall, of course."

"I wonder who's the woman that's with him?"

"Shilfeá gur cosúil uaidh seo í le Sábha Néill Óig. Agus is í atá ann gan bhréig."

Stad siad de chaint ansin, nó bhí siad ag teacht ródheas do bhád Chonaill.

"Tá maidin mhaith ann," arsa fear na stiúrach, nuair a bhí siad ag gabháil thart le bád Chonaill.

"Maidin mhaith, go díreach," arsa Conall.

"Maidin ghalánta, míle altú do Dhia," arsa Sábha.

Nuair a bhí foireann Mhicheáil Thaidhg giota tharstu thoisigh an comhrá acu arís.

"M'anam," arsa Niall Sheimisín, "go bhfuil aigneadh baintrí ag teacht chuig Sábha cheana féin."

"Tá, leabhra," arsa Frainc Beag.

"Ag gabháil fá choinne clocha duirlinge le cur ar uaigh Mhicí atá siad," arsa Donnchadh Mór.

"Char dhóiche liomsa an Cháisc a bheith ar an Domhnach ná tchífidh sibh deireadh greannmhar ar uaigh Mhicí," arsa Liam Beag. "Mo choinsias go bhfuil saol greannmhar ann ar an bhomaite. Ná faigheadh aon duine bás fad is a thig leis fanacht beo."

"Breast tú, a Liam," arsa Micheál Thaidhg.

"Bain an chluas den leiceann agamsa," arsa Liam, "mura bhfeice tú pósta ceangailte iad roimh bhliain ó inniu."

"I ndiaidh comh cráite agus a chaoin sí ina dhiaidh?" arsa Micheál.

"Mar a dúirt an tseanbhean," arsa Liam, "bhí barraíocht ceoil ina cuid caointe."

Chuaigh Conall agus Sábha go hOileán Eala agus thóg siad na

"She looks like Sábha Néill Óig from here. And it's her without a word of a lie."

They stopped talking then for they were coming too close to Conall's boat.

"It's a fine morning," said the helmsman when they were going past Conall's boat.

"A fine morning, indeed," said Conall.

"A lovely morning, thanks be to God," said Sábha.

When Micheál Thaidhg's crew got a bit beyond Conall's boat, the conversation started up again.

"I'd swear," said Niall Sheimisín, "Sábha's developing a widow's mind already."

"She is that," said Frainc Beag.

"They're going to gather beach cobbles to put on Micí's grave," said Donnchadh Mór.

"As sure as Easter falls on a Sunday you'll see a strange end to Micí's grave," said Liam Beag. "By my conscience it's a strange world we live in these days. Let no-man die while he can stay alive."

"You're a terrible man, Liam," said Micheál Thaidhg.

"Cut the ear off the side of my face," said Liam, "if those two aren't matched and married before a year from today."

"Considering how broken-hearted she cried after him?" said Micheál.

"As the old woman said," added Liam, "her keening had too much music in it."

Conall and Sábha went to Allagh Island and they collected the

clocha duirlinge agus an gaineamh. Nuair a tháinig siad ar ais go béal an bharra d'fheistigh siad an bád, ag brath fanacht le sruth líonta.

Thug siad leo a gcuid mónadh agus an bia, chuaigh amach ar Oileán Bó agus las tine. Thug Conall canna uisce as sruthán fíoruisce a bhí sa chladach, agus thoisigh an chócaireacht acu. Ba deas agus ba ródheas an tráthnóna a bhí ann. Bhí an ghrian ag cur lasrach i ngnúis na mara siar go bun na spéire, agus ar an taobh eile ag cur loinnir chorcair sna sléibhte a bhí isteach uathu. Rinne Sábha réidh an bia agus shuigh siad ina mbeirt ar an fhéar go dtearn siad a gcuid.

"An bhfaca aon duine ariamh a leithéid de thráthnóna?" arsa Conall. "Míle buíochas do Dhia ar a shon."

"Nár dheas an áit an t-oileán seo le bheith i do chónaí ann?" arsa Sábha.

"Ba deas, dá mbeadh an bhliain uilig ina samhradh," arsa Conall.

Le luí na gréine tháinig siad aníos go Ceann Dubhrainn leis an tsruth líonta.

"Feisteoimid anseo sa chaslaigh go maidin í," arsa Conall, "agus rachaimid suas chun na reilige léithe le lán mara na maidine, beo slán a bheimid."

Chuaigh. Chóirigh Conall an uaigh go deas leis an ghaineamh. Rinne sé cros de chláraí fáchán uirthi agus chuir sé na clocha duirlinge thart leis na himill aici.

"Maise, go saolaí Dia thú agus go lige Sé do shláinte duit," arsa Sábha, "tá obair dheas déanta agat."

"Níl aon uaigh istigh sa reilig inchurtha léithe," arsa Conall. "Ach caithfidh mé amharc uirthi ó am go ham. Síobfaidh gaoth

sea cobbles and the sand. When they came back to the mouth of the bar, they moored the boat, planning to wait for the tide to come in.

They brought their turf and food with them, went ashore on Boe Island and lit a fire. Conall drew a can of water from a stream of spring water on the shore and they started to cook. It was a lovely, truly lovely evening. The sun lit the surface of the sea all the way to the horizon, and on the other side it cast a purple sheen over the hills on the mainland. Sábha prepared the food and the two of them sat down on the grass and had their meal.

"Did anyone ever see such an evening?" said Conall. "Thanks be to God for it."

"Wouldn't this island be a nice place to live?" said Sábha.

"It would, if it was summer all year round," said Conall.

At sunset, they sailed up to Kindoran on the incoming tide.

"We'll moor it in the inlet here till morning," said Conall, "and we'll go up to the graveyard on the morning high-tide, all being well."

They did that. Conall fixed-up the grave nicely with the sand. He made a cross of scallop shells on it and placed the stones around the edges.

"Well, may God preserve you and give you strength," said Sábha, "for you've done a fine job."

"There isn't a grave in the graveyard to compare with it," said Conall, "but I'll have to look at it from time to time. The

an gheimridh cuid mhór de ar shiúl."

"Gabh isteach go ndéana mé bolgam tae duit," arsa Sábha, nuair a bhí siad ar ais ag an teach s'aicise.

"Ó, is cuma duit," arsa Conall.

"Seo, isteach leat go bhfaighe tú dhá bholgam a thógfas an tuirse díot."

Chuaigh.

Nuair a bhí an tae ólta chuir Conall a mhéar ina phóca.

"Ar m'anam," ar seisean, "gur bhris mé mo phíopa. Nuair a bhí mé ag tiomáint an bháid ab éigean domh sin a dhéanamh."

Chuir Sábha a lámh isteach i bpoll an bhac.

"Seo píopa a bhí ag an fhear a d'imigh," ar sise, "grásta ó Dhia ar an duine bhocht. Faraor, is beag an rud is buaine ná an duine. Bíodh sé agat. Tá mé cinnte gur agat ab fhearr leis é a bheith."

Tháinig deireadh an Fhómhair agus iascaireacht na scadán.

"Dá mbeadh eangach agam dhéanfainn tamall iascaireachta i mbliana," arsa Conall. "Tá áit le fáil ar bhád Mhicheáil Thaidhg. Ach tháinig deora ar an eangaigh a bhí agam féin agus í cuachta istigh sa scioból. Nuair a spréigh mé í, anseo an lá fá dheireadh, bhí an snáth lofa inti."

"Nár fhéad tú eangach Mhicí a thabhairt leat? Grásta ó Dhia ar Mhicí," arsa Sábha. "Ní raibh rún agam aon uair amháin a fhliuchadh choíche. Ach, faraor, tá an saol ag teannadh orm. Agus caidé an mhaith domh a ligean sa dul amú? Má chuirim ar an iascaireacht í gnóithfidh mé rud inteacht uirthi."

"Is fíor duit sin," arsa Conall. "Spréifidh mise amárach í go bhfeice mé an bhfuil aon cheann de na mogaill stróctha aici."

winter wind will sweep a fair amount of it away."

"Come in till I make you a drop of tea," said Sábha when they had reached her house.

"Oh, don't bother," said Conall.

"Now, come in until you get a drop or two to liven you up." He went in.

When he had drunk the tea, Conall put his finger in his pocket.

"I'll be damned." said he, "but I've broken my pipe. I must have done it when I was steering the boat."

Sábha put her hand into the chimney-nook.

"Here's a pipe that belonged to the man that's gone, God rest the poor soul. Sadly, there's little more lasting than man. You have it. I'm sure that he'd want you to have it."

The end of Autumn came and with it the herring fishing.

"If I'd a net I'd do a bit of fishing this year," said Conall. "There's a place to be had on Micheál Thaidhg's boat. But the rain got to my own net when it was bundled up in the barn. When I spread it out the other day, I found that the string had rotted."

"Couldn't you take Micí's net? God rest Micí," said Sábha. "There was a time I'd no intention of ever wetting it again, but unfortunately, times are getting hard for me. And what's the point of letting it go to waste? If I let it out for the fishing, I'll gain something from it."

"That true enough." said Conall, "I'll spread it out tomorrow to see if any of the meshes are torn."

An lá arna mhárach thug Conall amach an eangach agus spréigh sé ar an léana í os coinne an dorais. Chóirigh sé cupla mogall a bhí stróctha aici, agus chuir sé le droim í an áit a raibh sí scaoilte. Ansin d'imigh sé go hInis Fraoich a dh'iascaireacht.

Luach dhá phunta de scadáin a dhíol sé i rith na seachtaine. Bhí punta den airgead sin ag luí do Shábha – cuid na heangaí. Tháinig sé chuici oíche Shathairn le clapsholas. Shuigh sé ag an tine.

"Creidim nach bhfuil tú saor ó ocras," ar sise, ag cur mónadh ar an tine.

Nuair a bhí an tae ólta ag Conall, agus a phíopa dearg aige, tharraing sé amach spaga beag éadaigh a raibh dath na toite air agus scaoill sé an ruóg ann. "Seo do chuidse," ar seisean, ag síneadh punta chuici.

"Go sábhála an Spiorad Naomh ar do bháthadh thú," ar sise. "Tá rud breá leat ar shon do sheachtaine."

"Leoga a rún, níl," ar seisean, "nó níor bhuail siad an béal ach go hiontach éadrom. Choinnigh siad iontach ard i bhfarraige i rith na seachtaine. Agus an áit a raibh bádaí móra acmhainneacha le a ghabháil amach ina ndiaidh thóg siad trom i gceart iad."

"B'fhéidir go luífeadh siad isteach ar an chladach an tseachtain seo chugainn," arsa Sábha.

"Tá eagla orm," arsa Conall. "Deir Bob Dulop liom – agus tá Bob breá eolach ar an dóigh a n-oibríonn siad – deir sé liom go bhfuil eagla air go bhfuil iascaireacht na bliana seo thart, de thairbhe bádaí beaga de. Deir sé má théid an chéad scoil thart go hard i bhfarraige go leanfaidh an chuid eile iad."

Conall took the net out the following day and spread it on the grass in front of the door. He fixed a few of the torn meshes and he attached it to the headline where it had come loose. Then he went off fishing to Inishfree.

He sold two pounds' worth of herring during the week. He owed a pound of that money to Sábha – the net's share. He came to her at twilight on Saturday. He sat down at the fire.

"I'm sure you're hungry," said she, putting turf on the fire.

When he had taken the tea and lit his pipe, he pulled out a little cloth purse that was the colour of smoke and loosened the string on it.

"Here's your share," said he, handing her a pound.

"May the Holy Ghost save you from drowning," said she, "you have a fine return for your week's work."

"Indeed, I haven't, dear," said he, "for they only touched the sound very lightly. They kept far out to sea the whole week. And where big seaworthy boats were able to go after them, they took right heavy catches."

"Maybe they'll stay close to the shore next week," said Sábha.

"I doubt it," said Conall, "Bob Dulop tells me – and Bob knows how they work – he tells me that he's afraid that this year's fishing is over as far as small boats are concerned. He tells me that if the first shoal goes past far out to sea, the rest will follow them."

"Ár dtoil le toil Dé," arsa Sábha. "Ar ndóighe, is maith an méid seo féin."

D'amharc Conall síos béal an spaga. Bhí punta fágtha ann.

"Leoga," ar seisean, "saothar beag bocht seachtaine é . . . Ní mó ná gur fiú dhá chuid a dhéanamh de . . . B'fhéidir gur fhéad mé an punta seo eile a thabhairt duitse. Is tú is cruaidhe atá ina fheidhm. 'Chead agamsa fanacht."

"Cha dtugann ar chor ar bith," arsa Sábha. "Is cruaidh a shaothraigh tú féin é ar bharr na dtonn le seachtain. Is minic a bhí mé ag smaointiú gurbh fhuar agus gurbh anróiteach agat é, a dhuine bhoicht, do do chriathrú ó seo go Tóin an Aird Dealfa. Coinnigh do chuid airgid . . . Ar ndóighe, má theannann orm thig liom cupla scilling a fháil uait ar iasacht. Is deise cabhair Dé ná an doras. B'fhéidir gur scadáin a bheadh ag éirí ar an fhéar an tseachtain seo chugainn, is cuma caidé a deir Bob Dulop."

IV

Tháinig am na lánúineach. Bhí Conall ag airneál ag Sábha agus gan istigh ach iad féin agus Seáinín beag.

"A Chonaill, tabhair domh pingin," arsa an gasúr, "go ceannaí mé bataí milse tigh Mhaitiú."

"Suigh fút, a Sheáinín, agus bíodh múineadh ort," arsa Sábha. "Suigh fút a dúirt mé leat . . . Cá bhfuil an tslat? . . . A Chonaill, an ag tabhairt pingineacha dó atá tú, agus nach ndéan sé a dhath ach rudaí milse a cheannacht orthu. Tá a chár beag lofa aige leo. Níor lig sé aon néal orm an oíche fá dheireadh ach

"Let God's will be done," said Sábha. "Sure, that much itself is good."

Conall looked down at the opened purse. There was a pound left in it.

"Indeed," said he, "it's a poor enough reward for a week's work . . . it's hardly worth dividing. Maybe I should give you this other pound. It's you that needs it most. I can wait."

"You'll do no such thing." said Sábha. 'It's hard you earned it at sea all week. Many's the time I thought about how cold and miserable it was for you, you poor man, being battered by the wind from here to Bloody Foreland Point. Keep your money . . . Sure if I'm hard pressed I can always get the loan of a couple of shillings off you. God's help is closer than the door. Maybe, the herring will be jumping onto the grass next week, no matter what Bob Dulop says."

IV

The time for marrying had arrived. Conall was visiting Sábha and there was no one else in the house but themselves and little Seáinín.

"Conall, give me a penny till I buy sugar sticks at Matthew's," said the child.

"Seáinín, sit still and have manners." said Sábha. "Sit still I said . . . Where's the rod? . . . Conall, are you giving him pennies, when he'll do nothing with them but buy sweets. He has ruined his wee teeth with them. He didn't let me get a wink of

ag caoineadh leis an déideadh."

"A Chonaill, tabhair domh sponc go ndéana mé solas gorm ag an doras druidte."

"A Sheáinín! a dúirt mé leat. Má éirímse chugat fágfaidh mé fearbach i do mhása. Caithfidh tú múineadh a fhoghlaim."

"A Chonaill, an bhfuil tusa muinteartha dúinne?"

"A Sheáinín, caith díot do cheirteach agus isteach a luí leat. Aníos anseo leat."

Ba ghairid go raibh an gasúr ina chodladh.

"Tá an duine bocht comh tuirseach le fear a bheadh i bpoll mhónadh ó mhaidin," arsa Sábha, ag amharc thar a gualainn bealach na leapa.

"Gasúr beag iontach lách é," arsa Conall.

"Ach tá sé comh crosta agus a thig leis a bheith," arsa Sábha.

"Níorbh fhiú a dhath é mura mbeadh sé crosta anois," arsa Conall. "Gasúr beag iontach tarrantach é. Tá toil mhór agam féin dó."

"Maise, níl agat ach a leath," arsa Sábha. "Bíonn sé ag feitheamh leat 'ach aon tráthnóna. Agus an oíche nach dtig tú, níl ann aige ach, 'A mhamaí, caidé a tháinig ar Chonall anocht?' "

" 'Bhfaca mé aon bhliain ariamh nach mbeadh scéal lánúine le cluinstin?" arsa Sábha.

"Romhainn atá," arsa Conall. "Tá siad in am go leor go fóill".

"Leoga, tá siad in am go leor ar achan dóigh," arsa Sábha. "Níl sa phósadh ach buaireamh, ar scor ar bith ag cuid de na daoine."

"Ina dhiaidh sin is uile caithfear a ghabháil ina cheann am

sleep the other night for crying with the toothache."

"Conall, give me a match till I make a blue light at the back of the door."

"Seáinín!, what did I say. If I get up to you, I'll leave welts on your backside. You have to learn manners."

"Conall, are you related to us?"

"Seáinín, get your clothes off and into bed with you. Come up here."

It wasn't long before the boy was asleep.

"The poor thing is as tired as a man who'd been working in a bog hole all day." said Sábha, looking over her shoulder at the bed.

"He's a lovely wee boy," said Conall.

"But he's as bold as can be," said Sábha.

"He wouldn't be much good, now, if he wasn't a bit bold," said Conall, "He a very appealing wee boy. I'm very fond of him myself."

"Well, that's only the half of it," said Sábha. "He's waiting for you every evening. And the evening you don't come, his only question is, "Mammy, what happened to Conall tonight?'"

"Did I ever see a year yet that there wasn't news of some couple or other?" said Sábha.

"It's all before us," said Conall "it's early days yet."

"Indeed, it's early days in more ways than one," said Sábha. "Marriage is nothing but trouble, for some of us anyway."

"For all that, it must be faced some time. It's a terrible thing

inteacht. Rud bocht do dhuine deireadh a shaoil a chaitheamh leis féin."

"Tá cuid mhór ar an bhaile apaidh chun comóraidh," arsa Sábha, ag ainmniú a seacht nó a hocht de chloigne buachall.

"A Shábha," arsa Conall, "bhí mé féin ag smaointiú ar a ghabháil amach i mbliana."

"Cé a shílfeadh duit é?" arsa Sábha. "An bhfuil dochar a fhiafraí díot cén bhean?"

"Seo mar atá an scéal, a Shábha," ar seisean. "Is doiligh domh m'intinn a shocrú air sin. Tá sé comh maith an fhírinne a dhéanamh, na mná a phósfainnse b'fhéidir nach ní leo mé, agus na mná a phósfadh mé ní ní liom iad. Ach creidim go gcaithfidh mé a mhór a dhéanamh den scéal. Bhí mé ag smaointiú a ghabháil chuig Síle Chonaill an Pholláin."

"Síle Chonaill an Pholláin!" arsa Sábha, ag ligean do na dealgáin titim ina hucht.

"Leoga, bhí mé lá den tsaol agus shíl mé nach uirthi a smaointeoinn," arsa Conall. "Ach chuaigh an lá sin thart."

"Tá tú i d'fhear go fóill comh maith agus a bhí tú ariamh," arsa Sábha. "Níor cheart duit beaguchtach a bheith ort. Is furast duit bean a fháil níos fearr ná Síle Chonaill an Pholláin. Tá an créatúr comh breoite agus a thig léithe a bheith. Caidé fá Mháire Shéamais Duibh?"

D'éirigh Conall dearg san aghaidh. Arbh fhéidir go raibh a fhios ag Sábha gur iarr sé Máire dhá bhliain roimhe sin agus nach nglacfadh sí é?

"Tá sí idir dáil agus pósadh mar atá sí, féadaim a rá," arsa Conall. "Tá Muiris Sheáin Anna ag teacht chuici ar na hoícheannaí seo."

for a body to spend the end of his days alone."

"There are plenty about this place who are ready for marriage." said Sábha, naming seven or eight lads.

"Sábha," said Conall "I was thinking of going out this year myself."

"Who would have thought it of you?" said Sábha "Is there any harm in asking who the woman is?"

"Here's how it is, Sábha," said he. "I'm finding it hard to decide. I may as well tell the truth, the women I'd want to marry, maybe they don't want me, and the women who'd marry me, I don't want them. But I know I must make the most of it. I was thinking of going to Síle Chonaill an Pholláin."

"Síle Chonaill an Pholláin!" said Sábha, letting the knitting needles drop to her lap.

"Indeed, there was once a time when I never would have thought of her." said Conall. "But that day has gone."

"You're as good a man now as ever you were," said Sábha. "You shouldn't be fainthearted. You'll easily get a better woman than Síle Chonaill an Pholláin. The poor soul is a sick as can be. What about Máire Shéamais Duibh?"

Conall's face reddened. Was it possible that Sábha knew he had asked Máire two years before and that she wouldn't have him?"

"She's more or less engaged already," said Conall, "Muiris Sheáin Anna is visiting her these nights."

"Bhail, ceann inteacht eile," arsa Sábha. "Tá neart acu ar an tsaol. Glóir do Dhia ar son an fhairsingigh."

"A Shábha, an bhfuil cuimhne agat ar an tsaol a bhí fada ó shin ann?"

"Leoga, tá mo sháith."

"A Shábha, d'iarr mé thú féin aon uair amháin."

"Seanscéal is meirg air," arsa Sábha.

"Caidé do bharúil dá dtiocfá liom anois?" arsa Conall.

"An gcluin duine ar bith an chaint atá anois air?" arsa Sábha, ag breith ar an mhaide bhriste agus ag fadú na tineadh. "Éirigh amach as sin," ar sise leis an mhadadh, "agus ná bí sínte ansin sa luaith más fada do shaol."

Tháinig sí anall go lár an teallaigh agus chuaigh sí ar a leath-ghlúin a chur mónadh ar an tine. Leag Conall a lámh ar a gualainn. Tharraing sé a ceann anall ar a ghlúin.

"A Shábha," ar seisean, "an nglacfaidh tú anois mé?"

" 'Dhia, a Chonaill, a thaisce," ar sise, "bheadh sé róluath. Bheadh na daoine ag caint orm. B'fhearr liom fanacht bliain eile."

Bhí a fhios ag Conall anois go raibh an lá leis – go raibh an chuid ba troime de na gnoithe socair.

"Tá tú i do bhaintreach le corradh mór le bliain," ar seisean, "agus ní thig le aon duine a dhath a rá leat. B'fhada ó chuirfinn an cheist seo i do láthair – nó bhí truaighe agam duit, ag amharc ort ag iarraidh barr a chur agus obair fir a dhéanamh – b'fhada sin murab é go raibh mé ag déanamh go raibh cumha ort i ndiaidh an fhir a d'imigh. Nó bhí sin agat, fear breá."

"Óch óch, is leis ba chóir a rá," arsa Sábha.

"Seo bhail, an té atá marbh, tá sé marbh agus níl tabhairt ar

"Well, someone else," said Sábha. "There are plenty of them about, glory be to God for his bounty."

"Sábha, do you remember the old days?"

"Indeed, I remember them well."

"Sábha, I asked for you yourself once."

"That's a hoary old story now."said Sábha.

"Do you think you'd have me now?" said Conall.

"Does anybody hear the way he's talking now?" said Sábha, picking up the tongs and rearranging the fire. "Get up out of there," said she to the dog, "and don't be lying in the ashes if you want a long life."

She went right up to the hearth and went down on one knee to put turf on the fire. Conall laid his hand on her shoulder. He drew her head over onto his knee.

"Sábha," said he, "will you take me now?"

"Lord, Conall dear," said she, "it would be too early. People would be talking about me. I'd rather wait another year."

Conall knew now that he had succeeded – that the weightiest bit of the business had been settled.

"You've been a widow now for well over a year." said he, "and nobody can say a thing to you. I'd have asked you long ago – for I felt sorry for you, seeing you trying to plant crops and do a man's work – long since, only for I thought you still missed the man who's gone. For you had that, a fine man."

"Och, Och, isn't that the truth." said Sábha.

"Well now, the man that's dead is dead and gone and there's

71

ais air," arsa Conall. "Cén lá a leagfaimid amach?"

"Níl a fhios agam," ar sise.

"Seachtain ón tSatharn seo chugainn, déarfaimid," arsa Conall. "Caithfidh mise bríste a fháil cé bith mar a gheobhas mé é. Dá mbeadh bríste agam rachainn siar chuig sagart na paróiste ar béal maidine."

"Níl a fhios agam," ar sise, "an bhfóirfeadh bríste Mhicí duit – grásta ó Dhia ar Mhicí!"

no getting him back," said Conall. "What day will we settle on?"

"I don't know," said she.

"We'll say a week from next Saturday," said Conall, "I'll have to get a pair of trousers however I'll get them. If I had a pair, I'd go over to the priest first thing in the morning."

"I wonder." said she, "if Micí's trousers would fit you? – God rest Micí!"

An Comhrac

Pádraig Ó Conaire

Bhí mo bhád beag iomramha ag dul le sruth na haibhne, agus mé féin i mo luí ina deireadh gan mórán aird agam ar aon rud. Níor facthas lá chomh ciúin leis go minic: gan smeachadh as aer, néalta móra ómracha samhraidh sna spéartha uachtaracha agus iad go codlatach; beacha go saothrach agus go dordánach i mbéal gach bláth dá raibh ar an mbruach, plab-plab an bháid tríd an uisce ciúin ina shuantraí i mo chluais – sin a raibh le feiceáil nó le cloisteáil agam an lá buí samhraidh sin.

Leisce? Leisce agus codladh, codladh agus leisce – bhí an dá rud orm ionas go mba chuma liom cá seolfaí mo bhád nó cá bhfanfadh sí, ach mé i mo luí ansin ina tóin ar shean-chotaí agus ar shúsaí, gan aird agam ar aon rud beo ná marbh ach mé ag ligean do na smaointe fánacha teacht agus imeacht de réir a dtola.

Agus bhí cosúlacht ar mo ghadhar seilge a bhí ar an mbruach go raibh sé chomh leisciúil agus chomh codlatach lena mháistir: uaireanta, agus é tamall roimh an mbád, luíodh sé síos ar a shuaimhneas go mbínn féin agus an bád i dtosach air, agus ansin nuair a bhíodh sé scaitheamh romham arís, d'fhanadh sé ar a shó liom dreas eile. Sócúlacht agus síocháin – ná bí ag caint ar an tsócúlacht ná ar an tsíocháin ná ar an gciúnas a bhí ann an lá fada samhraidh sin . . .

Bá dhóigh le duine, a leithéid sin de lá, nár doirteadh fuil, nár

The Combat
Pádraig Ó Conaire

My little rowing boat was drifting with the river's current and I was lying in the stern, not paying much attention to anything. Such a quiet day was rarely seen: not a breath of wind, great amber summer clouds floating drowsily in the upper skies; bees humming busily around all the flowers of the riverbank; the soothing lullaby in my ears of the tranquil water lapping gently against the moving boat – that was all I could see or hear on that golden summer day.

Indolence? Indolence and sleep, sleep and indolence – I was infected by both, so that I did not care where my boat would sail or where it would linger, but lay on the bottom of the boat on old coats and rugs, careless of all that was living or dead, allowing stray thoughts to come and go as they pleased.

My hunting dog on the riverbank appeared to be as idle and as sleepy as his master: sometimes, when he was a short way in front of the boat, he would lie down comfortably until the boat and I were ahead of him, and then when he was a little distance beyond me once more, he would happily wait for me yet again. Comfort and peace – do not talk about the comfort or peace or stillness of that long summer day . . .

One would think, on such a day, that blood had never been

tarraingíodh claíomh, nár caitheadh gunna, nár cuireadh iongan i bhfeoil ná fiacail i gcraiceann riamh ar an saol suairc síochánta seo . . .

B'aoibhinn a bheith beo a leithéid de lá cinnte. Bhí sé de leithscéal agam go rabhas ag iascaireacht bhreac; ach má bhí, ní raibh ann ach leithscéal. Bhí an tslat i mo ghlaic agam cinnte; ach má bhí, sin a raibh d'aird agam ar an iascaireacht, ach mé ag breathnú uaim go leisciúil ar bheanna Mhaigh Eo agus Dhúiche Sheoigheach a bhí ag sáitheadh na spéire ó thuaidh uaim. Scáth scamaill ag imeacht thart ó am go ham ar nós scamaill na feirge ar éadan duine.

Bíos ar tí mo dhorú a ghliondáil suas, ligean don bhád imeacht le sruth agus mo shuaimhneas a ghlacadh nuair a thugas faoi deara a chorraithe is bhí mo ghadhar seilge. Sháitheas amach na maidí rámha, leis an mbád a choinneáil gan a dhul le sruth, ionas go bhfeicfinn céard a bhí ag cur as don mhadadh.

Bhí sé ina sheasamh ansin i bhfoisceacht deich slat den bhád agus chúig slat den bhruach, ar ghob gainmheach giolcaigh báite a bhí ag dul amach sa sruth, gan aird aige ormsa ná ar mo chuid feadalaí. Srón air, cluas air, súil air: an uile bhall dá bhaill, an uile chéadfaidh dá chéadfadha ar bís, é scartha leis an leisce, é chomh beo bíogach le aon ainmhí dá bhfaca duine ariamh.

Saighead i mbogha, saighead a bhí ar tí a scaoilte a bhí sa ngadhar seilge sin. Scaoileadh an saighead go tobann. D'imigh an saighead sin as an mbogha le luas na gaoithe. Corraíodh an t-uisce thart as an ngob gaineamhach giolcach báite, agus nuair a d'fhéad mo shúile-sa dhéanamh amach céard a bhí ar siúl, bhí an gadhar mór rua i bhfostú i rud éigin san uisce tanaí imeasc

spilled, nor sword drawn, nor gun fired, that talon had never clawed flesh nor tooth torn skin in this pleasant, peaceful world . . .

It was indeed a joy to be alive on such a day. My excuse was that I was fishing for trout, but even so, an excuse is all it was. The fishing rod was in my hand, certainly, but even so, that was all the heed I paid to fishing, but was gazing languidly instead at the peaks of Mayo and the Joyce Country that pierced the skies to the north. From time to time the shadow of a cloud floated by like a face clouding with anger.

I was about to wind in my line, let the boat drift and take my ease when I noticed how agitated my hunting dog was. I put out the oars, to prevent the boat from drifting, so that I could see what was bothering the dog.

He was standing there, within ten yards of the boat and five yards of the riverbank, on a sandy spit of submerged reed that extended into the stream, paying no attention to me or my whistling. His nose up, his ears cocked, his eyes skinned: every one of his limbs, every one of his senses on edge, his laziness forsaken, as alive and alert as any animal that was ever seen.

That hunting dog was an arrow in a bow, an arrow about to be released. The arrow was suddenly fired. That arrow flew from the bow with the speed of the wind. The water around the spit of submerged reeds was churned, and when my eyes could see what was happening, the big red dog was grappling with something in the shallow water among the reeds. . . .

77

An Comhrac

na ngiolcach . . .

Ann a bhí an coimhlint ansin; ann a bhí an choraíocht. D'éirigh puiteach agus gaineamh in airde ón ngob, ionas nach bhféadfá an gadhar ná an rud a bhí ag troid leis a fheiceáil. Bhí na giolcaigh tiubh go leor thart ar an áit a raibh an troid ar siúl, agus nuair a bhaineadh ceachtar den dá ainmhí a bhí i ngreim báis ina chéile casadh ar an gceann eile, chroithfí na giolcaigh seo, agus bhainfí ceol astu díreach mar chroithfí barra na gcrann i gcoill aimsir stoirme móire.

D'éirigh leis an ngadhar rua ainmhí maith mór a thabhairt i dtír tar éis tamaill fhada, ach ní rua a bhí sé an uair sin ach dath na láibe air féin agus ar an gcreich a bhí i ngreim aige.

Dobharchú a bhí aige, agus is dócha gur shíl an gadhar go raibh an beithíoch beag fíochmhar sin marbh, mar scaoil sí uaidh é ar an talamh tirim. Bhain an dobharchú casadh as féin. Shíl sé éalú leis isteach sa sruth arís. Ach níor bhronn Dia coisíocht an-mhaith air. I gceann nóiméid, bhí an gadhar i bhfostó ann arís, ach má bhí, d'éirigh leis an mbeithíoch beag fíochmhar a bhí i sáinn a cheann leathan íseal a chasadh thart agus na fiacla géara gearra a sháitheadh isteach i srón dhubh an ghadhair. Scaoil an dobharchú a ghreim féin freisin agus shíl imeacht agus an t-uisce a thabhairt air féin.

Ach bhí sé fánach aige. Greim scornaí a fuair an gadhar air den chéad uair eile. Chroith sé go nimhneach é, agus fuil an dá bheithíoch measctha ar a chéile. Chaith sé in aer é. Rug arís air sular shroich sé talamh. Chroith sé agus chroith sé agus chroith

The Combat

Then the conflict began, and indeed it was quite a struggle. Mire and sand flew up from the spit, so that you could see neither the dog nor the thing that fought him. The reeds were fairly dense around the area in which the fight was taking place, and when one of the two animals locked in mortal combat would spin the other around, these reeds would shake, making a musical sound exactly like treetops being tossed in a wood during a fierce storm.

After a long time, the red dog managed to bring a good-sized animal to land, but he was no longer a reddish colour, as both he and the quarry he held between his teeth were the colour of mud.

He had caught an otter, and the dog probably thought that the fierce little beast was dead, for he released it on the dry land. The otter coiled and twisted. It tried to escape into the current again. But God had not blessed it with any great ability to move on land. In a moment, the dog had seized it again, but for all that the ferocious little trapped creature managed to turn its stumpy little head around and sink its short sharp teeth into the dog's black nose. The otter also released its own grip and tried to get to the water.

But it was a futile attempt. The dog got it by the throat this time. He shook it savagely, and the blood of the two animals was on both. He threw it into the air. Caught it again before it touched the ground. He shook and shook and shook it, until

sé é, go raibh an dá ainmhí chomh tugtha lena chéile, shilfeá.
. . .

Ach ba treise an gadhar ná an dobharchú. Is mó an teacht aniar
a bhí ann. Scaoil sé a ghreim go tobann ar an dobharchú, ach
má scaoil rug sé arís air; greim ós cionn an croí a fuair sé air an
uair seo. Cúr le béal an dá ainmhí agus iad spíonta; chloisfeá
a n-anáil i gciúnas an lae, sea, chloisfeá, agus dá mbeadh
cluas ghéar ort, chloisfeá gíog lag-ghlórach truamhéalach ón
dobharchú freisin.

Bhí an marú déanta . . .

Sháith an gadhar seilge a shrón in aer go mórálach. Scaoil sé
aon ghlam mór fada bua uaidh go raibh an chreach marbh ag a
chosa, gur chomhlíon sé a dhúchas.

The Combat

both animals were equally tired, or so you would imagine. . . .

But the dog was stronger than the otter. He had greater reserves. He suddenly released his grip on the otter, but even so, he grabbed it again, just above the heart this time. Both animals were foaming at the mouth, and exhausted; you could hear their breathing in the stillness of the day, indeed, you could, and if you listened carefully you could also hear a faint, pitiful whimper from the otter.

The deed was done . . .

The hunting dog raised its nose in the air in triumph. He let out one long victorious howl, to announce that the quarry was dead at his feet, that he had fulfilled his destiny.

An Beo

Liam Ó Flaithearta

Bhí an mháthair ina luí ar chlár a droma, a súile dúnta agus a lámha sínte amach os cionn an éadaigh leapan. Bhí sí ag oibriú a cuid méar gan sos. Bhí a corp ar fad cloíte ag mórobair an bheirthe. Ansin scread an leanbh. D'oscail sí a súile chomh luath agus a chuala sí an glór. Rug sí greim cruaidh ar an éadach. D'ardaigh sí a ceann agus bhreathnaigh sí go fiáin ar an tseanmháthair ag a raibh an leanbh á chóiriú thall le cois na tine.

Thug an tseanmháthair faoi deara an drochaghaidh seo agus chuir sí scairt gháirí aisti.

"Ar son Dé!" a deir sí leis an mbeirt bhan chomharsanta a bhí ag cuidiú léi, "Féachaigí uirthi féin agus í chomh onórach le maighdean. Ba dóigh le duine gurbh é seo an chéad pháiste aici i leaba an chinn dheireanaigh. Sea anois!"

Rug sí greim cos ar an leanbh, chroch sí suas é agus tharraing sí buille láidir air sa tóin.

"Béic anois, in ainm Dé," a deir sí, "agus cuir an diabhal as do chorp."

Phreab an leanbh faoi phian an bhuille. Lig sé scread eile. Anois bhí spreacadh ina ghlór.

"M'anam gur féidir léi a bheith onórach," a deir duine den bheirt bhan chomharsanta. "Ní fhaca mé riamh naíonán níos dathúla ná é seo."

Chaith sí smugairle ar an gcolainn bheag bhándearg.

Life

Liam O'Flaherty

The mother was lying on her back, her eyes closed and her arms stretched out on top of the bedclothes. She moved her fingers constantly. Her whole body was drained by the great effort of giving birth. Then the baby squealed. She opened her eyes as soon as she heard the sound. She clutched the bedclothes. She raised her head and looked wildly at the grandmother who was tending to the baby over by the fire.

The grandmother noticed that savage look and burst out laughing.

"For the love of God," said she to the two neighbouring women who were helping her, "Look at her and her as haughty as a virgin. You'd think this was her first child instead of her last. Yes, now!"

She took the child by the feet, lifted him and gave him a good strong slap on the backside.

"Roar now, in the name of God," said she, "and banish the devil from you body."

The baby flinched from the pain of the blow. He screamed again. Now there was fire in his voice.

"Indeed, she may well be proud," said one of the two neighbouring women. "I've never seen a more handsome child than this one."

She spat upon the little pink body.

"Fireannach breá, bail ó Dhia air," a deir an bhean eile, ag déanamh comhartha na Croise idir í féin agus an leanbh. "Tá cuma an ghaisce cheana féin air."

Bhuail dobrón an mháthair nuair a chuala sí an tseanbhean ag rá gurbh é an leanbh seo craitheadh an tsacáin. Bhí sí trí bliana agus dá fhichid. Bhí lasair gheal na haoise ag leathnú ina gruaig. Bhí fios maith aici nach dtabharfadh sí an beo go brách arís as snáth a coirp, trí chumhacht mhíorúilteach Dé. Ceithre huaire déag a bhí sin déanta anois aici. Cé is moite den chéad am, nuair a bhí mearbhall an ghrá go láidir fós ina fuil, ba bheag an sólás a bhain sí as an nginiúint. De réir mar a mhéadaigh an síol beannaithe faoi dhíon an tí, mhéadaigh an drochrath agus an ganntan. Ina dhiaidh sin, ba doiligh léi anois fios a bheith aici go mbeadh a broinn feasta gan toradh. Dhún sí a súile, rinne sí cros ar a brollach lena dhá láimh agus thosaigh sí ag guí le Dia, ag iarraidh cabhrach in aghaidh an tsaoil a bhí roimpi.

Nuair a bhí an páiste agus an mháthair cóirithe, tháinig an t-athair isteach sa seomra. Fear díreach láidir fos é, cé go raibh sé ag bruachaireacht le leathchéad bliain agus formhór a shaoil caite faoi thromobair shaothrú na talún. Nochtaigh sé a cheann nuair a shroich sé an leanbh.

"Go gcuire Dia rath air!" a deir sé.

Chuaigh sé sall go dtí an leaba ansin.

"Buíochas le Dia!" a deir sé lena mhnaoi. "Tá an méid sin thart."

Rinne sí meangadh beag gáire leis.

"Tá áthas orm," a deir sí, "gur mac a thugas duit as craitheadh mo shacáin."

"A fine lad, God bless him," said the other woman, making the sign of the Cross between herself and the child. "He has the makings of a hero already."

The mother was overcome by a deep sadness when she heard the old woman say that this baby was the shakings of the bag. She was forty-three years of age. The silver of old age was already spreading through her hair. She knew well that she would never again, through the miraculous powers of God, bring a new life from the essence of her own body. She had now done that fourteen times. Apart from the first time, when the frenzy of love still rushed through her blood, she found little solace in giving birth. The more the blessed seed multiplied under the roof of the house, so also did misfortune and want. For all that, it was hard for her to accept that her womb would no longer bear fruit. She closed her eyes, crossed her hands on her breast and began to pray to God for help to face the life before her.

When the child and the mother had been made presentable, the father came into the room. He was still a fine strong figure of a man, although he was close to fifty years of age and had spent most of his life in the heavy labour of working the land. He bared his head when he reached the child.

"May God bless him!" said he.

He went over to the bed then.

"Thanks be to God!" said he to his wife. "That much is over."

She gave him a little smile.

"I'm glad," said she, "that I gave you a son from the shakings of my bag."

"Go méada Dia thú!" a deir sé.

Thug an tseanbhean an leanbh go dtí an leaba agus leag sí ar bhrollach na máthar é.

"Seo agat anois," a deir sí, "an seoidín is nuaidhe i do theach."

D'imigh an brón den mháthair nuair a chuir sí a lámh timpeall ar cholainn bheag an naíonáin. Tháinig lúcháir uirthi nuair a chuala sí an croí nua ag bualadh. Bhris deoir faoina súil agus tháinig ceangal ina scornach.

"Buíochas le Dia na Glóire!" a deir sí go dúthrachtach.

Thosaigh an coileach ag glaoch amuigh sa gcúlteach. D'éirigh a ghlór go hard aerach os cionn na gaoithe Samhna a bhí ag stracadh na spéire.

"Cumhdach Dé ar mo leanbh!" a deir an mháthair.

D'fhreagair coiligh an bhaile an coileach. Is gearr go rabhadar uile ar aon ghlór amháin ag beannú don mhaidneachan. I bhfad ar shiúl bhí an fharraige le cloisint agus í ag lascadh na haille móire.

"Slán ó thinneas," a ghuigh an mháthair, "slán ón easpa, slán ón donas agus ón tubaiste, slán in anam agus corp!"

Tar éis tamaill ligeadh do na páistí eile teacht isteach sa seomra le aithne a chur ar an deartháirín ab óige acu. Ní raibh láithreach ach seachtar clainne, idir nua agus sean. Bhí ceathrar caillte agus triúr eile imithe amach faoin domhan ag soláthar a mbeatha. Bhí gach a raibh fágtha idir na trí agus na cúig bliana déag. Chuir an t-iontas den chaint iad nuair a chonaiceadar an naíonán. Sheasadar timpeall ar an leaba, greim láimhe acu ar a chéile agus a mbéil oscailte.

"May God reward you!" said he.

The old woman brought the child to the bed and laid it on the mother's breast.

"Here you are now," said she "the latest little treasure in your home."

The sorrow lifted from the mother when she put her arm around the little body of the child. She felt joy when she heard the new heart beating. Her eyes brimmed over and she had a lump in her throat.

"Praise be to the God of Glory!" said she fervently.

The cock began to crow in the outhouse. Its loud vibrant voice rose above the wind that rent the November sky.

"May God protect my child," said the mother.

The cocks of the townland answered the cock's call. Soon they were all calling in unison to greet the dawn. Far away the sea could be heard lashing the high cliff.

"Safe from sickness," prayed the mother, "safe from want, safe from misfortune and disaster, safe in body and soul!"

After a while the other children were allowed to enter the room, to meet their youngest brother. Only seven of the family, young and old, were present. Four were dead and another three had gone out into the world to earn a living. Those who were left were between three and fifteen years of age. They became silent with wonder when they saw the baby. They stood around the bed, holding each other's hands, their mouths open.

Ligeadh isteach an seanfhear ansin. Maidir leisean! Bhí neart cainte aige. Chomh luath agus a leag sé súile ar mhac a mhic, thosaigh sé ag cur dhe go tréan; ag clamhsán mar ba ghnách leis.

"Aie! Aie!" a deir sé. "Tá chuile rud níos buaine ná an duine. Aie! Go ndéana an Mhaighdean Bheannaithe trócaire orm! Breathnaigh orm anois agus gan ionam ach ceamach. Bhí mé lá, ina dhiaidh sin, chomh maith le aon fhear ..."

Bhí sé an-sean ar fad. Cúpla bliain roimhe sin ghoill an ghrian air agus é ina chodladh ar mhóinín féarach, lá go raibh teas mór ann. Ba suarach é ó shin. Bhí úsáid a chos beagnach caillte aige. Bhí seafóid air. Bhí a chorp ag cailleadh meáchain gach uile lá. Déarfá gur chrobhnasc a bhí air, le chomh cromtha agus bhí a cheann. Bhí maide i ngach láimh aige. A Thiarna! Bhí a chonablach bocht ag craitheadh ar nós an duilliúir.

"Aie Aie!" a deir sé go cráite. " Bhí mé lá agus ní raibh aon fhaitíos orm roimh an bhfear ab fhearr san áit. Bhí mé in ann ag aon fhear a bhuail bleid orm ag soláthar troda, soir nó siar, ar aon am den ló, dallta ar meisce nó gan deoir i mo ghoile. Bhí fios ag an té a tháinig trasna orm ..."

B'éigean don tseanmhnaoi breith air agus é a chrochadh léi.

"Téanam uait síos as seo," a deir sí, "agus ná bí ag cur múisiam ar na daoine le do chuid seafóide."

"Go bhfóire Dia orainn!" a deir duine de na mná comharsanta. "Is gairid é an t-aistear is faide ón mbroinn go dtí an fód."

Nuair a chuir an leanbh faoi sa gcliabhán le cois an teallaigh, bhí sé mar a bheadh rí ar an teach. Rinne an mhuirín ar fad freastal

The old man was allowed in then. As for him, he had plenty of that. As soon as he laid eyes on his grandson, he started to jabber, complaining as usual.

"Aye, Aye!" said he. "Everything is more lasting than man. Aye, may the Blessed Virgin have mercy on me. Look at me now and I only a useless wreck. There was a day, for all that, when I was as good as any man ..."

He was very old indeed. A few years earlier, he had been affected by the sun while asleep in a meadow one very hot day. He had been sickly ever since. He had almost lost the use of his legs. He was doting. His body was steadily wasting away. His head was bent so low you would think it was tethered to his feet. He held a walking stick in each hand. Lord! His poor carcass was shaking like a leaf.

"Aye, Aye!" said he forlornly. "There was a day when I wasn't afraid of the best man hereabouts. I was able for any man who challenged me to a fight, east or west, any time of day, blind drunk or without a drop in my stomach. Anyone who came across me knew . . ."

The old woman had to take hold of him and pull him away.

"Come away out of here," says she "and don't be bothering people with your foolish talk."

"May God help us!" said one of the neighbouring women. "The longest life is but a short journey from the womb to the grave."

When the baby took up residence in the cradle by the fireside, it was as if he were the king of the house. All the children tended

air go toilteanach; cé gurbh í sin an tseirbhís gan cúiteamh.
Níorbh eol don leanbh go rabhthas ag cur comaoine dá laghad
air. Níorbh eol dó faic na ngrást ach an t-aon dualgas amháin a
thug sé leis ón mbroinn. Ba é sin an beo a bhí ina chorp a
choimeád agus a neartú. Ar dhúiseacht dó, bhéic sé go bar-
bartha, nó gur tugadh greim sine dhó ar chíoch a mháthar.
Ansin do bhí láithreach ina thost. Lig sé osna sámhach agus
d'fháisc sé a charbad maol ar an sine lán. Chreathnaigh a
chraiceann le macnas nuair a mhothaigh sé an chéad steall den
bhainne teolaí ar a theanga. Bhí sé ag diúl go santach nó go
raibh sé sách. Ansin arís thit codladh air. Scread sé go borb uair
ar bith a bhuail sprocht é, de bharr daigh bhoilg nó goilliúint
éigin eile. B'éigean dóibh a bheith ag bogadh an chliabháin agus
ag gabháil fhoinn dhó nó gur ghlac sé suaimhneas.

"Ó! Mo leanbh! Mo leanbh! Mo leanbh!" a deiridís agus iad
ag gabháil fhoinn dhó. "Ó! Mo leanbh! Is tú grá geal mo chroí."

Ní fearacht sin don seanduine bocht. Is beag an t-ómós a bhí
dhósan. Nuair a deineadh freastal air, ba le grá Dé é agus ní le
fonn. Ba mhór leo an chomaoin is lú a chuireadar air.

"Féach ar an seandiabhal sin," a deiridís. "Níl brabach ag
Dia ná ag duine air, caite ina smíste cois an teallaigh ó mhaidin
go hoíche. B'fhearr dhuit a bheith ag iarraidh na déirce ná a
bheith ag freastal air."

Ceart go leor, níor mhilleán orthu a bheith ag casaoid. Ba
ghránna an rud a bheith ag plé leis an seanduine bocht. B'éigean
é a thabhairt óna áit chodlata gach maidin; é a ghlanadh agus a
ghléasadh agus a chur ina shuí i gclúid an teallaigh ar stóilín
beag. B'éigean téadracha a cheangal faoina lár agus é ina shuí,

to him gladly, although they got no thanks for their service. The child was not aware that he owed anything to anyone. He knew nothing beyond the solitary instinct he had brought with him from the womb. Which was to sustain and nurture the life within him. When he woke up, he screamed savagely until he was given his mother's breast. Then he was at once silent. He sighed contentedly and fastened his gummy mouth on the swollen teat. He shuddered with sensuous pleasure when he felt the first spurt of warm milk on his tongue. He sucked greedily until he was sated. Once again he nodded off. He let out a piercing scream whenever he had a pain in his stomach or some other complaint. They had to rock his cradle and sing to him until he settled down.

"Oh! My darling one! My darling one! My darling one!" they would sing to him. "Oh my darling, you're the love of my heart."
The same could not be said of the old man. There was little respect for him. When he was attended to, it was more from pity than affection. They begrudged him the smallest favour.

"Look at that old devil," they would say. "He's no use to either God nor man, sitting by the fireside from morning to night like a big useless lump. You'd be better off begging than waiting on him."

Indeed it was hard to blame them for complaining. Dealing with the old man was very unpleasant. He had to be brought from his bed every morning, washed and dressed and put sitting on a small stool in the chimney corner. Ropes had to be tied around his waist while he sat, in case he fell into the fire. At

ar eagla go dtitfeadh sé sa tine. Ag am béile, b'éigean brúitín a dhéanamh dá chuid bídh agus é a choinneáil leis le spúnóig. Bhí sé ag tuilleamaí orthu le haghaidh seirbhís' ar gach uile bhealach; go díreach glan mar a bhí an naíonán nua-bheirthe.

"Aie! A rud brocach!" a deiridís agus iad á ghlanadh. "Ba mhór an leas do mhuintir an tí seo dá nglaodh Dia ort."

D'fhan an seanfhear ceangailte sa gclúid i rith an lae ar fad; idir codladh agus dúiseacht, pislíní ag sileadh lena bhéal, ag cur rachta cainte uaidh ó am go ham, ag bagairt lena mhaide, ag sciolladh ar dhaoine nach raibh beo ar chor ar bith, ag cur tíre agus talún trí chéile go seafóideach. Níor tháinig sé as a mhearbhall ach amháin nuair a chuala sé an naíonán ag fógairt tar éis dúiseachta. Gheit sé ansin agus tháinig lasair áthais ina shúile.

"Cé hé seo?" a deireadh sé agus cluas le héisteacht air. "Cé aige a bhfuil an gheonaíl seo?"

Nuair a thógadh an mháthair an naíonán as an gcliabhán, le cíoch a thabhairt dhó sa gcúinne thall, d'aithníodh an seanfhear an maicín agus thagadh bród air.

"Ó! Ó!" a deireadh sé. "Is tú féin atá ann. Ó! Nach tú atá gleoite bail ó Dhia ort. Táir, múis, agus scafánta. Sin buachaill óg breá amach ar m'aghaidh ansin thall, gan amhras ar bith."

Dhéanadh sé iarracht ansin ar ghabháil go dtí an leanbh. Thagadh fearg air nuair nach bhféadadh sé gabháil níos faide ná deireadh na téada a bhí timpeall ar a ghoile.

"Ligigí chuige mé," a deireadh sé agus é ag léimneach ar an stól. "Cén fáth nach scaoileann sibh an téad seo, a phaca diabhal. Tá sé thall ansin, fear de mo chine, Scaoiligí chuige mé.

mealtimes, his food had to be mashed and he had to be fed with a spoon. He was dependent on them for all his needs, just like the newborn child.

"Aye! You filthy thing!" they would say as they washed him. "The best thing that could happen for the people of this house is that God would call you."

The old man stayed tied up in the chimney corner all day long, alternating between sleep and wakefulness, dribbling, ranting on from time to time, brandishing his walking-stick, scolding people long dead, making a hellish mix-up of everything. He only emerged from his confusion when he heard the baby crying after he woke up. Then he roused himself with a start and his eyes lit up with joy.

"Who's this?" he would say, listening intently. "Who's making that racket?"
When the mother lifted the baby from the cradle to breast-feed him in the other corner, the old man would recognise the little fellow and swell with pride.

"Ho! Ho!" he would say. "It's yourself that's in it. Ho! Aren't you just lovely, God bless you. You are indeed, and strong. That's a fine young fellow I have in front of me there, without a shadow of a doubt."

He would then try to get to the baby. He would become angry when he could get no further than the end of the rope around his waist.

"Let me at him," he would say, jerking about on the stool. "Why won't you untie me, you pack of devils. He is over there, a man of my kindred. Let me go to him. A man of my own

Fear de mo chuid fola! Ligigí chuige mé."

Ní fada a mhaireadh a bhuile. Thagadh gliondar air nuair a d'fheiceadh sé an páiste á shíneadh féin agus á shearradh féin le sámhas ó bheith ag ól.

"Dia leat, a mhaicín!" a deireadh an seanfhear, ag léimneach ar an stól. "Caith siar é sin, a bhuachaill. Ná fág deor de sa sine. Ó! A leabharsa! Fear de mo chuid fola thú, ceart go leor. Ól leat, a chuid de mo chroí. Go méadaí Dia thú!"

Bhí an geimhreadh i ngar do bheith caite sular chuir an naíonán aithne ar aon duine. Go dtí sin níorbh eol dhó ach cíocha a mháthar agus teoladas an chliabháin; rudaí ab fhéidir leis a mhothú le baill a choirp. Cé gur mhinic a thug sé faoi deara gach ar thit amach thart timpeall, ní bhíodh aon tuiscint ina shúile móra gorma. Ansin faoi dheireadh tháinig an lá mór nuair a scairt an t-anam gléigeal amach trína shúile.

Bhí sé ina luí ar a ghoile in ucht a mháthar, agus múisiam ar a ghoile faoin iomarca a bheith ólta aige, nuair a thug sé faoi deara geáitsí seafóideacha an tseanfhir sa gclúid thall. Rinne sé meangadh gáire ar dtús. Ansin thosaigh sé ag bualadh bos agus ag léimneach, ag déanamh aithris ar an seanfhear. Lig sé béic bheag bhuacach.

"Moladh le Dia Mór na Glóire," a deir an mháthair.

Chruinnigh gach a raibh sa teach thart timpeall ar an teallach; iad ar fad ag breathnú ar an naíonán agus an seanfhear a bhí ag coimhlint lena chéile; gan fios acu cén duine den bheirt a ba seafóidí nó a ba pháistiúla. Scairt gach uile dhuine amach ag gáirí ach amháin an tseanmháthair.

blood! Let me at him!"

His rage never lasted long. He would be overjoyed when he saw the child flexing and stretching himself contentedly while feeding.

"Good on you, boy" the old man would say, as he jumped about on the stool. "Drink it down, my boy. Don't leave a drop of it in the teat. Oh! Bedad. You're a man of my own blood, right enough. Drink up, love of my heart. More power to you!"

Winter was almost past before the baby recognised anyone. Until then he knew nothing but his mother's breasts and the comfort of his cot, things he could sense through his body. Although he often paid attention to all that was happening around him, there was no understanding in his big blue eyes. Then came the great day when his bright soul shone out through his eyes.

He was lying on his stomach on his mother's lap, feeling a bit sickly from overfeeding, when he noticed the antics of the old man in the corner. First he smiled. Then he started to clap his hands and to jump, imitating the old man. He gave a triumphant little squeal.

"Praise be to the great God of Glory," said the mother.

All the household gathered around the hearth, and watched the child and the old man vying with each other, not knowing which was the most foolish or the most childish. Everyone burst out laughing except the grandmother.

"Aie! A Thiarna Dia!" a deir sise i nglór an chaoineacháin. "Is breá an rud seafóid naíonáin a fheiscint, ach níl rud ar bith ina dhíol truaighe níos cráite ná seanduine gan réasún."

Ón lá sin amach, chaith an seanfhear agus an naíonán scaití móra in éineacht agus iad ag imirt go simplí; ag bualadh bos agus ag clabaireacht chainte agus ag pislíneacht. Nuair a dealaíodh an leanbh, ba é an brúitín céanna a thugtaí dhóibh le n-ithe. Ach de réir mar a neartaigh an naíonán, chuaigh an seanfhear chun laige. Bhuail plúchadh é san Earrach agus ceapadh go raibh sé ag saothrú báis. Cuireadh an Ola Bheannaithe air. D'éirigh sé as an tinneas sin, ina dhiaidh sin. Is gearr go raibh sé in ann an leaba a fhágaint agus cur faoi arís sa gclúid, amach ar aghaidh an linbh. Anois ní raibh ann ach taise. B'fhéidir é a chrochadh le leath-lámh.

Tháinig lá breá Bealtaine agus trá mhór ann. Bhí an mhuirín ar fad ag baint charraigín, cé is moite den leanbh agus an seanfhear agus an tseanbhean a bhí ag tabhairt aire don teach.

"Tabhair amach ar an tsráid mé," a deir an seanfhear lena mhnaoi.

"Céard atá uait anois?" a deir sí leis.

"Ba mhaith liom an ghrian a fheiscint," a deir sé, "aon uair amháin eile sula gcaillfear mé."

Ghoil sí beagán agus ansin thug sí amach ar an tsráid é. Chuir sí ina shuí an fear bocht ar chathaoir shúgáin le taobh an dorais. Shuigh sí féin in aice leis agus an leanbh ar a hucht. Thosaigh sí ansin ag glaoch ar na héanlaith tí,

"Tiuc! Tiuc!" a deir sí. "Fít! Fít! Beadaí! Beadaí! Beadaí!"

"Aye!" Lord God! said she in a plaintive voice. "The foolishness of a child is lovely to behold but nothing's more pitiful than an old man who has lost his reason."

From that day on, the old man and the child spent long spells together, playing innocently, clapping their hands and babbling and dribbling. When the child was weaned, they were given the same mashed food to eat. But as the child gained strength, the old man grew weaker. He got bronchitis in the Spring and they thought that he was dying. He was given the Last Rites. For all that, he recovered. He was soon able to leave his bed and set up in the chimney corner, facing the child. Now he was a mere shadow of himself. He could be picked up with one hand.

A fine May day came and with it a low tide. The whole family went foraging for carrageen, apart from the child, the old man and the old woman who was in charge of the house.

"Take me out to the yard," said the old man to his wife.

"What do you want now?" she replied.

"I would like to see the sun," said he, "once more time before I die."

She cried a little and then she took him outside into the yard. She sat the poor man on a straw chair by the door. She sat beside him with the child on her lap. She began to call the farmyard fowl,

"Chook! Chook! said she. "Feech! Feech! Baddey! Baddey! Baddey!"

Tháinig siad ar fad ina treo, ag rith ar a ndícheall idir chearca agus lácháin agus ghéabha. Chaith sí blúiríní bídh amach ar an tsráid acu, as méis mhór a bhí aici. Bhí sé ina chogadh dearg ansin ag na héanlaithe agus iad ag cliobadh a chéile agus ag screadach. Tháinig gliondar ar an naíonán, nuair a chonaic sé an plód éan thart timpeall air. Thosaigh sé ag bualadh bos, ag léim-neach agus ag béiceadh. Rinne an seanfhear amhlaidh agus é chomh bainte leis an leanbh ag gleo agus fuirseadh na n-éan.

"Go bhfóire Dia orainn!" a deir an tseanbhean go dobrónach.

Is gearr gur thit an seanfhear ina thost go tobann. Nuair a bhreathnaigh an tseanbhean sall, chonaic sí go raibh sé ag iarr-aidh éirí. Sular fhéad sí breith air, thit sé amach as an gcathaoir i ndiaidh a chinn roimhe. Nuair a chrom sí os a chionn agus an leanbh faoi ascaill aici, chuala sí glothar an bháis ina scornach. Ansin arís ní raibh dada le cloisint uaidh.

Dhírigh an tseanbhean í féin agus thosaigh sí ag caoineadh an mhairbh.

"Och! Ochón!" a chaoin sí go cráite. "Is leatsa do shiúil mé tríd an saol, faoi lúcháir agus faoi dhobrón. Och! Ochón! Tá tú imithe anois agus tá mise fágtha, cé nach fada go mbeidh mé do do leanacht. Ochón! Ochón! Mo mhuirnín! Nach thú a bhí dathúil láidir lá do phósta! Nach thú a bhí fiúntach ceanúil! Nach thú a bhí . . ."

Choinnigh sí uirthi mar sin, nó gur tháinig na comharsana, ag géarchaoineadh an mhairbh; ina suí ar an stóilín agus an leanbh idir lámha in aghaidh a brollaigh; na héanlaithe ag léimneach agus ag smalcadh an bhídh sa mhéis agus ag sclamhadh a chéile.

They all came towards her, hens, ducks and geese running as fast as they could. She scattered scraps of food on the street for them from a big dish she held. It was all out war between the birds then as they cackled and jabbed and pecked at each other. The child was beside himself with joy as the birds pressed around him. He started to clap his hands, to jump and shout. The old man copied him and he was just as engrossed as the child by the clamorous squabbling of the birds.

"God help us!" said the old woman sadly.

Before long the old man fell suddenly silent. When the old woman looked over, she saw that he was trying to get up. But before she could catch hold of him, he tumbled head first out of his chair. When she bent over him with the child under her arm, she heard the rattle of death in his throat. And then there was nothing at all to be heard.

The old woman straightened up and started to keen the dead man.

"Och! Ochon!" she cried forlornly. "It was with you I walked through life, in happiness and in sorrow. Och! Ochon! You are gone now and I am alone, though it will not be long before I follow you. Och! Ochon! My love! Weren't you handsome and strong the day of your wedding! Weren't you the decent loving man! Weren't you . . ."

She continued like that, until the neighbours arrived, bitterly keening the dead man, sitting on the stool holding the child against her breast, the birds hopping and gobbling at the food in the dish, and pecking at each other.

Choinnigh an naíonán air ag léimneach agus ag béiceadh agus ag iarraidh breith ar chleiteacha gleoite na n-éan a bhí ag fuirseadh thart. Ní raibh fios ar bith ag a chroí óg láidir go raibh an beo tar éis imeacht as an seanchroí.

The child continued to jump and shout, trying to catch the colourful feathers of the birds as they milled around. His own strong young heart had no idea that life had just departed from the old heart.

An Chomhchosúlacht

Séamus Ó Grianna

I

Dia ár sábháil (arsa Conall Phádraig Duibh), rud scáfar an toirneach. Ní dhéanfaidh mé dearmad choíche den lá a marbhadh Micheál Éamoinn Bhrocaigh. Bhí mé féin is Séimí Eoghainín Duibh ag baint mhónadh aige, thall ar an Chaorán Mhór. Amach i ndeireadh mhí na Bealtaine a bhí ann agus bhí sé i ndiaidh trí seachtainí d'aimsir the a dhéanamh. Agus ní raibh cosúlacht ar bith claochlaithe le feiceáil ag an té nach mbeadh eolach ar an aimsir.

Bhíomar ar an chaorán go breá luath ar maidin agus thosaíomar a bhaint. Bhí teas marfach ann. Má bhí tú ag cur as poll nó ag srathnú ní raibh coir ort, i dtaca le holc: bhí na lámha tais agat. Ach an fear a bhí ar an tsleán ní raibh taisleach ar bith le fáil as crann giúis bháin aige. Ní raibh ann ach imeacht i gcionn achan leathuaire agus é á thumadh féin go hascaillí i bpoll maide.

Tamall i ndiaidh an mheán lae thoisigh an lá a dh'éirí gruama. Ba ghairid gur thoisigh corrdheoir fhearthanna a thitim. I gcionn chúpla móiminte eile chonacthas domh féin go dteachaigh drithleog sholais thart liom go gasta. Rinne gach aon fhear den bheirt eile é féin a choisriceadh. D'aithin mé ansin gur splanc a bhí ann.

Thugamar iarraidh ar an bhaile. Thoisigh an fhearthainn a

The Double

Séamus Ó Grianna

I

God help us (said Conall Phádraig Duibh), thunder is a very frightening thing. I'll never forget the day Micheál Éamoinn Bhrocaigh was killed. Myself and Séimí Eoghainín Duibh were cutting turf for him over in Caranmore. It was late May and there had been three weeks of very warm weather. And unless you were someone who was knowledgeable about the weather, it didn't look as if it would change for the worse.

We were at the bog fine and early in the morning and we started cutting. The heat was deadly. If you were pitching or spreading you weren't too badly off, at least your hands were moist. But the man who worked the turf spade got no moisture from a shaft of white deal. All he could do was go off every half hour and dip himself up to his armpits in a bog hole.

A bit after midday the day began to get dull. It wasn't long until a few drops of rain started to fall. A few minutes later, it seemed to me as if a flash of light shot past me. Each of the other two men blessed himself. I knew then that it had been a bolt of lightning.

We set out for home. The rain started to fall more heavily. The

dh'éirí dlúth. Thoisigh na soilsí a dh'éirí tiubh. Soilsí beang-
lánacha agus iad ag strócadh na spéire mar a strócfaí le sceana
tineadh iad.

Ba ghairid go rabhamar fliuch go craiceann. Bhí gach aon fhear
ina rith an méid a bhí ina chnámha. Séimí ar deireadh, mé féin
i lár báire, agus Micheál tuairim is ar dheich slata romham. Leis
sin tháinig aon splanc amháin a dhall mé féin. Tháinig mearbh-
allán in mo cheann agus thit mé. Nuair a tháinig mé chugam
féin bhí Micheál ina luí ar an talamh agus Séimí crom anuas
air. Chuaigh mé féin ionsorthu comh gasta is tháinig liom. Bhí
Micheál marbh.

Idir sin is tráthas iompraíodh an corp anoir ar chomhlaidh. Sin
mar a tháinig sé chun an bhaile tráthnóna chuig a mhnaoi is
chuig a pháistí. Dia ár gcumhdach, níor choscair a dhath ariamh
mé mar a choscair bás an fhir sin mé. Rud scáfar a bhí ann. Rud
iontach. Rud a bheir le fios do dhuine nach bhfuil leithead aon
ribe idir an saol seo agus an saol úd eile. Fear ina rith agus é slán
folláin. É mar thógfadh sé a chos agus bhéarfadh sé coiscéim
trasna chun na síoraíochta. Ní raibh cneá ná colm ann. Ní raibh
ann ach go raibh leiceann dá chuid comh dubh leis an tsúiche.
Anuas taobh a leicinn agus an chluas agus go bun na gualann
mar a chuimiltí súiche dó. Ach ní raibh an oiread is gránú ar a
chraiceann. Bhí sé ina luí ansin dhá lá na faire, agus dar leat,
dreach ciúin air, mar bheadh duine ann a bheadh ullamh nuair
tháinig a scairt. Ta súil agam go raibh, an duine bocht.

II

Is iontach an dóigh a n-oibríonn an fharraige (arsa Murchadh
Chathaoir Airt). Tchífidh tú í lá marbh ciúin agus í ag briseadh

bolts of lightning started to come closer together. Prongs of light, ripping the sky as if they were being raked by flaming knives.

It wasn't long till we were soaked to the skin. Every man was running as fast as he could. Séimí was at the back, I was in the middle and Micheál was about ten yards in front of me. With that, a bolt of lightning came and blinded me. My head started to spin and I collapsed. When I came round, Micheál was lying on the ground and Séimí was bent over him. I got to them as quickly as I could. Micheál was dead.

Later on, the body was carried back on a door. That was how he came home that afternoon to his wife and his five children. God protect us, I was never as distressed by anything as I was by that man's death. It was a terrifying thing. A strange thing. A thing that lets you know that there's not a hair's breadth between this life and the next. A man running, a healthy fit man. It was as if he raised his foot and took a step over into eternity. He had neither a cut nor a mark on him. Except that one side of his face was as black as soot. Down the side of his cheek and ear and as far as his shoulders, it was as if someone had rubbed soot on him. But there wasn't as much as a scratch on his skin. He lay there during the two days of the wake, and you would think he had a tranquil expression on his face, like a man who was ready when the call came. I hope he was, the poor man.

II

It's strange how the sea works (said Murchadh Chathaoir Airt). You'll see her on a dead calm day breaking in great mounds of

ina meilte cúir i mbéal na Trá Báine. Deireadh na seandaoine gur eagla roimh an ghaoth anoir a bhíodh uirthi. Ach tá rud eile a bhaineas í, mar atá an toirneach. Ní fhaca mé toirneach shamhraidh ag teacht ariamh nach n-éireodh an fharraige tamall sula dtosódh sí. Tá na laetha sin contúirteach ar farraige, ar an ábhar go mbrisfidh boilg is líonán nár bhris, b'fhéidir, le bliain roimhe sin. Lá acu sin a báitheadh Donnchadh Chonaill Shéarluis, dó féin a hinstear é.

Is maith is cuimhin liom é. Ba doiligh domh dearmad a dhéanamh de, faraor! Bhí an uair maith agus shílfeadh aineolaí go raibh bun ar an aimsir. Chuaigh bádaí an bhaile amach a dh'iascaireacht mar ba ghnách leo. Ach nuair a chuaigh siad amach thar an bharra fuair siad an fharraige iontach ramhar. Agus nuair a tchífeas tú farraige shuaite lá ciúin i dteasmhach samhraidh bí ag súil le toirnigh.

Tá boilg bheag ag an cheann taobh thiar de Inis Fraoich agus b'fhéidir gur uair i gcionn an seachtú bliain a bhrisfeadh sí. Is iomaí fear a chaith a shaol amach is isteach an bealach sin is nach bhfaca riamh ag briseadh í. Bhí cuid acu nach raibh a fhios acu go raibh a leithéid ann ar chor ar bith. B'fhéidir nach raibh a fhios ag clann Chonaill Shéarluis go raibh sí ann. Rith siad trasna ar a ruball, agus bhris sí leo. Níor tiontaíodh an bád. Ach bhí Donnchadh ina sheasamh i dtosach agus cuireadh i bhfarraige é. Bhíomar féin fá ghiota díofa nuair a chualamar an screadach. Tharraingíomar orthu comh luath géar is a tháinig linn. Ach bhí Donnchadh bocht báite sula rabhamar aige.

Nuair a thógamar é bhí gearradh domhain i gclár an éadain ann. Sin an chuid a ba thruacánta den scéal. Nó bhí Donnchadh

foam on the White Strand. The old people used to say that it was for fear of the east wind. But there's another thing that rouses her and that's thunder. I never saw summer thunder arrive that the sea wasn't agitated a while before it would start. Those days are dangerous at sea, for a submerged rock or reef will break though it mightn't have broken for a year before that. It was one of those days that Donnchadh Chonaill Shéarluis was drowned, may God preserve us from such a fate.

I remember it well. I could hardly forget it, more's the pity! The weather was good and if you didn't know better you'd think that the fine weather was going to last. The townland's boats went out to fish as usual. But when they got out beyond the sandbar at the mouth of the bay there was a heavy swell. When you see a troubled sea on a calm day in the heat of summer you can expect thunder.

There's a little sunken rock at the headland on the west side of Inisfree and it might break once every seven years. Many's the man spent his whole life in and out that way and never saw it break. Some of them didn't even know that such a thing existed at all. Maybe Conaill Shéarluis' sons didn't know it was there. They ran across its tail end and it broke. The boat didn't capsize. But Donnchadh was standing in the bow and he was pitched into the sea. We were quite near them when we heard the shouting. We got to them as fast as we possibly could. But poor Donnchadh was drowned before we reached him.

When we lifted him he had a deep cut in the middle of his forehead. That was the saddest part of the story. For Donnchadh

Chonaill Shéarluis ar shnámhaí comh maith agus a bhí ó Rinn an Aird Dealfa go Tóin na Cruaiche. Ach ar thitim dó buaileadh a chloigeann ar bhos an ancaire. Chuir sin néal ann, agus choinnigh sé thíos é gur báitheadh é.

Chuireamar an corp sa bhád s'againne agus bhíomar ar tí tarraingt ar an bhaile. Leis sin thoisigh an toirneach. Chuamar isteach go Port na mBó, ar an fhoscadh, ag brath an cith a ligean thart. Ach b'éigean dúinn fanacht ansin ar feadh dhá uair go leith, sular lig an eagla dúinn iarraidh a thabhairt trasna an béal. Dá bhfeicfeá an t-amharc a bhí ansiúd! Bhí an spéir ina chaor thineadh os ár gcionn. Agus an toirneach! Shílfeá le gach aon rois go raibh beanna an oileáin ina smionagar ar gach taobh díot. Agus fear marbh ina luí i dtosach an bháid agus seol anuas air. Tháinig séideán gaoithe agus thóg sé coirnéal an tseoil dá cheann. Beidh cuimhne choíche agam ar aghaidh an mharbhánaigh. An ghruaig dhubh a bhí air agus í ina líbíní anuas lena leicne. Ach an rud a ba choscarthaí uilig an gearradh a bhí ar chlár a éadain agus an fhuil sioctha air.

III

Is cuma liom caidé a deir lucht an léinn nó caidé nach n-abair siad (arsa Domhnall Hiúdaí Chailleach). Is iomaí rud ar neamh is ar talamh a bhfuil siad dall air. Mar a deireadh na seandaoine, bídh an chomhchosúlacht ann.

Bhí mé samhradh amháin ag iascaireacht, mé féin is Eoin Tharlaí Thuathail a bhí thall anseo ar an Mhachaire Loiscthe, go ndéana mo Thiarna trócaire ar an duine bhocht. Ní raibh ar an bhád ach sinn féin 'ár mbeirt, agus bhíomar faichilleach as a

The Double

Chonaill Shéarluis was one of the best swimmers from Bloody Foreland Point to Tunacrewey. But when he fell he hit his head off the fluke of the anchor. That stunned him and kept him down till he drowned.

We put the body in our boat and we were about to head for home. With that the thunder started. We went into Portnamoe to shelter, intending to let the shower pass. But we had to stay there for two and a half hours before we dared cross the mouth of the bay. If you could have seen that sight! The sky above our heads was one mass of fire. And the thunder! With every roll of thunder you'd think that the island cliffs were being smashed to pieces all around you. The dead man was lying in the bow covered with a sail. A gust of wind raised the corner of the sail off his face. I will always remember the dead man's face. His dark hair plastered down onto his cheeks. But the most heart-breaking thing of all was the cut on his forehead with the blood congealed on it.

III

I don't care what learned people say or don't say (said Domhnall Hiúdaí Chailleach). There's many's the thing in heaven and earth they know nothing about. As the old people used to say, there's such a thing as a double.

I was one summer fishing, myself and Eoin Tharlaí Thuathail who lived over in Magheralosk, may the Lord have mercy on the poor man. There were only the two of us in the boat and we were careful because of that. We wouldn't go out beyond the

shiocair sin. Ní théimis taobh amach de na hoileáin, ar eagla gur géarbhach ón talamh a thiocfadh roimh an oíche. Má bheireann géarbhach crua ón talamh ar bhád amuigh ag Boilg Chonaill nó ar an Leic, a sáith a bhéarfas sé do cheathrar teacht i dtír, gan trácht ar bheirt.

Maidin amháin, i ndeireadh mhí na Bealtaine, d'fhágamar an chaslaigh thoir anseo le tiontú an tsrutha. Bhí samhradh iontach tirim ann: níor chuir sé aon deoir le trí seachtainí roimhe sin. Agus ní raibh cosúlacht ar bith claochlaithe air an mhaidin seo ach oiread, ní raibh sin go ndeachamar amach thar an bharra. Istigh ar an chainéal bhí sé comh ciúin le clár.

Shuigh an bheirt againn ar dhá rámha. Nuair a bhíomar ag gabháil síos ag Carraig Bhéal an tSrutha bhí an ghrian ag éirí; í go díreach mar a bheadh sí ina suí ar bharr an Eargail.

"Tá lá te eile romhainn," arsa mé féin.

"Beidh sé te," arsa Eoin. "Ach ina dhiaidh sin ní abróinn nach bhfuil athrach aimsire air. Tchítear domh go bhfuil dreach beag rinneach ar an ghréin sin, mar bheadh sí ag tuar fearthanna."

"Is cruaidh a bheadh braon fearthanna de dhíobháil," arsa mise. "Tá an talamh dóite agus an barr ag feo."

"Is fíor sin," arsa Eoin. "Ach cé bith a dhéanfadh an barr, b'fhearr gan fearthainn ar bith go tráthnóna. Ní déanamh an tí atá ar an bhád, mar a deireadh na seandaoine. Rud a bhí ann a raibh doicheall ariamh orm roimhe – báisteach ar an fharraige."

Agus má dhearcann tú mar is ceart air tuigfidh tú é. Tá a sháith le déanamh ag fear comhrac a choinneáil leis na dílinn atá faoi, is gan díle eile a theacht os a chionn. Nuair nach mbeadh bád

islands in case a stiff seaward wind would rise before nightfall. If a strong wind from the land catches a boat out on Bullogconnell or on the Leck, it'll be hard enough for four people to bring her ashore, let alone two.

One morning at the end of May, we left the landing place over here with the turning tide. It was a very dry summer: it hadn't rained a drop for the three weeks before that. And it didn't look as if it would change for the worse this morning either, or it didn't until we went out beyond the bar. It was flat calm in the channel.

The two of us set to rowing. As we were going down by Carrickbealatroha the sun was rising; it looked just as if it was sitting on the top of Errigle.

"We've another hot day ahead of us," said I.

"It'll be hot," said Eoin. "Although I wouldn't say that the weather won't change. It seems to me that the sun has a bit of an angry look about it, as if it might rain."

"We badly need a drop of rain," said I. "The earth's parched and the crops are withering."

"That's true," said Eoin. "But whatever about the crops, it would be better if it didn't rain till the afternoon. A boat's not built like a house, as the old people used to say. That's something I was always wary of – rain at sea."

And if you look at it the right way you'll understand him. A man has enough to do battling with the floods below him without another flood landing on top of him. When you didn't have

agat a mbeadh an dá bhuaidh aici, mar bhí ag an Áirc fad ó shoin.

Ach ar scor ar bith chuamar amach an barra, agus ansin chonaiceamar rud a chuir iontas, agus cráthán eagla orainn. Ní raibh aon bhoilg ar ár n-amharc nach raibh ag briseadh. Boilg na gCapall, An Bhoilg Bhuí, Na Doichill, An Fhiacail Daraí, Boilg an tSómais agus an t-iomlán léir acu ina gcúr gheal bhán.

Ba mhinic a chuala mé go dtigeadh oibriú ar an fharraige i lár ciúnais le heagla roimh an ghaoth anoir. Ach bhí an ghaoth thoir le trí seachtainí roimhe sin. Rud éigin eile a ba chúis leis an anfa.

"Toirneach atá ag tarraingt orainn," arsa Eoin Tharlaí Thuathail. "Sin an rud is cúis leis an oibriú atá ar an fharraige. Níl ann ach rud a chonaiceamar go minic inár saol."

"Cá rachaimid?" arsa mé féin.

"Siar anseo go Líonán na Rón," arsa Eoin, "sa dóigh, má thig an bhailc, go mbeidh tithe Oileán Eala 'ár gcóir."

Chuamar go Líonán na Rón agus ligeamar. Chuir gach aon fhear againn a dhorú amach. Ach ní raibh an oiread is broideadh le mothachtáil againn, ach oiread is dá mbeadh gan aon bheathach éisc a bheith beo san fharraige. (Ní bhíonn aiste ar bith ar an iasc, tá a fhios agat, nuair a bíos toirneach os a gcionn.) Thiocfaimis caol díreach ar ais chun an bhaile, ach ag fanacht go mbíodh an sruth líonta linn tráthnóna.

I gcionn tamaill tháinig smúid ar an ghréin. Thoisigh na néalta a dh'éirigh dlúth. Bhí teas marfach ann i rith an ama. An dara

a boat that could deal with both, like the Ark long ago.

But anyway we went out beyond the bar, and then we saw something that surprised us and gave us a bit of a scare. There wasn't a sunken rock in sight that wasn't breaking. Bulligna-gapple, Bullogboy, Bullogadihil, Feakle Derry, Bullogthomas, every single one of them was a mass of white foam.

I had often heard that the sea would become agitated in calm weather for fear of the east wind. But the wind had been in the east for three weeks now. Something else was causing the storm.

"There's thunder on the way," said Eoin Tharlaí Thuathail. "That's what's causing the sea to be rough. It's only what we've seen often enough in our time."

"Where'll we go," said I.

"Over here to Leenanarone," said Eoin, "so that if the downpour comes we'll have the houses of Allagh Island near us."

We went to Leenanarone and we let up. Each of us put his line out. But we couldn't get as much as a nibble, as if there wasn't a single fish alive in the sea. (the fish don't take the bait, you know, when there's thunder overhead.) We would have come straight home only that we had to wait till we'd have the in-coming tide with us in the afternoon.

After a while the sun darkened. The clouds started to gather in. The heat was deadly all the while. Then we saw the odd bright

rud a chonaiceamar corrdheoir gheal ag titim agus ag déanamh fáinní i gcraiceann an uisce. Ansin splanc ag strócadh na spéire agus rois scáfar toirnigh sna sálaibh aici. Thógamar comh tiubh géar is tháinig linn agus bhaineamar Oileán Eala amach. D'fheistíomar an bád i gCamus an Mhadaidh Uisce, agus chuamar fá theach.

A leithéid de splancacha is de thoirnigh ní fhaca mé ariamh. Bhí an spéir mar bheadh sí ina ribíní geala solais. Agus an tuargain a bhí ag an toirnigh! Shílfeá gurbh é rud a bhí an fharraige ag slogan an talaimh.

Idir sin is tráthnóna shocair sé. Tháinig an ghrian amach thríd na néaltaibh, agus is é rud a bhí ann tráthnóna breá. Le linn na doininne chuaigh an ghaoth amach ó thuaidh, agus an feothan beag a bhí ann bhí sé inár gcúl.

" Tá an chóir chun an bhaile linn, mura bhfuil iasc linn," arsa Eoin agus é ag píceáil an tseoil. Shuigh mé féin ar an stiúir. Sheolamar linn go rabhamar ag tarraingt isteach ar bhéal an bharra. Leis sin féin, Dia idir sinn is an tubaiste, d'éirigh an fear aníos as an fharraige, roimh thosach an bháid. Aníos as an uisce go dtí an dá ascaill. D'fhan sé ansin tamall beag, mar a bheadh rud éigin faoina chosa agus é ina sheasamh air. Agus síos ar ais leis nuair a bhí an bád fá chúpla slat de. D'amharc Eoin aniar orm féin, agus bhí dath air comh bán le braillín. Bhí a fhios agam ansin go bhfaca sé an tais a chonaic mé féin.

"Ar aithin tú é?" arsa Eoin nuair a fuair sé an chaint.

"D'aithníos," arsa mise, "ó chuir tú an cheist orm. Ar ndóigh d'aithin tú féin é? Tá sé amuigh ag iascaireacht inniu. Tá

drop of rain falling and making rings on the surface of the water. Then a bolt of lightening tore across the sky, with a terrifying rumble of thunder at its heels. We lifted our gear as fast as we could and headed for Allagh Island. We moored the boat at Otter's Bay and took shelter in one of the houses.

I never saw thunder and lightening like it. It was as if the sky was covered in white ribbons of light. And the pounding of the thunder! You'd think the sea was swallowing the earth.

Between then and the afternoon it settled. The sun broke through the clouds, and the afternoon turned fine. During the storm the wind went out north and the light breeze that came was behind us.

"We have a following wind home with us even if we don't have the fish," said Eoin as he pitched the sail. I sat at the rudder. We sailed on until we were at the sandbar at the mouth of the bay. Just then, God between us and all harm, a man rose up out of the sea in front of the boat. Up out of the water to his two armpits. He stayed there for a little while, as if there was something under his feet and he was standing on it. And down he went again when the boat was within a couple of yards of him. Eoin looked over at me and he was white as a sheet. I knew then that he had seen the same apparition I had seen.

"Did you recognise him?" said Eoin when he was able to talk.

"I did," said I, "since you asked. Of course, you recognised him yourself? He's out fishing today. I hope to God nothing

súil as Dia agam nach dtáinig tubaiste ar bith orthu le linn na toirní."

"Cé atá tú a rá?" arsa Eoin.

"Donnchadh Chonaill Shéarluis," arsa mise.

"Ní hé a bhí ann," arsa Eoin.

"Nach cinnte gurb é," arsa mise. "Nach raibh sé fá chúpla slat díom. Nár aithin mé a cheann dubh gruaige agus an bhearn atá ina dhéad uachtarach. Agus bhí gearradh ar chlár a éadain agus an fhuil sioctha air."

"Ní hé a bhí ann a chor ar bith," arsa Eoin. Agus shíl mé gurbh é rud nár mhaith leis labhairt air, agus dá gcuirtí ceist choíche air go n-abródh sé nár aithin sé é.

"Ní hé Donnchadh Chonaill Shéarluis a bhí ann," arsa Eoin, "ach fear eile de chuid an bhaile – Micheál Éamoinn Bhrocaigh. D'aithin mé an uile bhall dá aghaidh. Ní raibh fuil ná gearradh na gránú ar an éadan aige. Ach bhí a leiceann dubh, mar a chuimiltí tarr dithe."

Ó sin go rabhamar ag tóin an Bhuna Bhig mhaireamar ag cur in éadan a chéile fán tais. Mise cinnte dearfa gurbh é Donnchadh Chonaill Shéarluis a bhí ann. Agus Eoin lán comh cinnte nárbh é ach Micheál Éamoinn Bhrocaigh.

Ar a theacht chun an bhaile dúinn bhí an scéala romhainn gur cailleadh an bheirt acu. Gur marbhadh Micheál le splanc ar an Chaorán Mór, agus gur báitheadh Donnchadh i mbéal Inis Fraoich.

happened to them during the thunderstorm."

"Who are you talking about?" said Eoin.

"Donnchadh Chonaill Shéarluis," said I

"It wasn't him." said Eoin.

"Of course it was," said I. "Wasn't he within a couple of yards of me. Didn't I recognise his black head of hair and the gap between his front teeth. And he had a cut on his forehead and the blood had clotted on it."

"It wasn't him at all," said Eoin. And I thought that he just didn't want to talk about it, and if you ever asked him about it, he would say he didn't recognise him.

"It wasn't Donnchadh Chonaill Shéarluis," said Eoin, "but another man from our townland – Micheál Éamoinn Bhrocaigh. I recognised every feature. He had neither blood nor cut nor graze on his forehead. But one side of his face was black as if tar had been rubbed on it."

From that point until we were at the lower end of Bunbeg we argued with each other about the apparition. I was absolutely certain it was Donnchadh Chonaill Shéarluis. And Eoin was just as sure it was Micheál Éamoinn Bhrocaigh.

When we came home we found out that both men had been lost. That Michael had been killed by a bolt of lightening on Caranmore and that Donnchadh had drowned in Inisfree Sound.

Uaigheanna

Daithí Ó Muirí

Uaigh I

Fear déanta cónraí an bhaile seo mé. Cúpla bliain ó shin iarradh orm cónra ar leith a dhéanamh. Ceann ina mbeadh spás do dhá chorpán taobh le taobh, cé nach luífeadh ach corpán amháin inti, mar a míníodh dom. Fear saibhir sprionlaithe, a raibh cónaí air leis féin i dteach mór ar imeall an bhaile, bhí sé tar éis bás a fháil. A shearbhónta a chuir glao gutháin orm go mall san oíche agus dualgas air uacht a mháistir a chur i bhfeidhm. Ba é an chéad rud a dhéanfadh sé ar maidin an íocaíocht a chur i mo chuntas bainc.

Rinne mé an chónra, a dhá oiread níos leithne ná mar ba ghnách. Theastaigh dhá sheastán nua, a dhá oiread níos leithne, le dul fúithi. Chuir mé glao ar an searbhónta agus mhínigh mé an scéal do. Cuireadh tuilleadh airgid i mo chuntas bainc.

De réir cosúlachta, cuireadh go leor airgid i gcuntas bainc fhear an tí tórraimh mar bhí air an carr tórraimh a chur chuig an ngaráiste. Chuala mé gur oibrigh beirt innealtóirí lá agus oíche chun cúl an chairr a leathnú.

Theastaigh uaigh a dhá oiread níos leithne agus fostaíodh beirt bhreise chun cúnamh a thabhairt don bheirt reiligirí lán-aimseartha. Agus ordaíodh leac chuimhneacháin a dhá oiread níos leithne ón saor cloiche.

Graves

Daithí Ó Muirí

Grave I

I am this town's coffin maker. A couple of years ago I was asked
to make an unusual coffin. One in which there would be space
for two corpses side by side, although, as was explained to me,
only one corpse would lie in it. A rich miserly man who lived
alone in a big house on the edge of town had just died. It was
his servant who called me late at night, as he was responsible
for executing his master's will. The first thing he would do in the
morning was lodge the payment in my bank account.

I made the coffin, twice as wide as normal. It needed two new
stands, twice the normal width, to rest on. I phoned the ser-
vant and explained the situation. More money was lodged in
my bank account.

It seems that a lot of money was lodged in the funeral director's
account because he had to send the hearse to the garage. I heard
that two mechanics worked day and night to widen the back of
the hearse.

A grave twice as wide was needed and two extra men were em-
ployed to help the regular gravediggers. And a headstone which
was twice as wide was ordered from the stonemason.

Uaigheanna

Sa séipéal ba é an sagart féin a d'oscail an dara leath den doras mór dúbailte chun an chónra a ligean isteach. Ní dhéantar seo ach Domhnach Cásca agus Lá Nollag, chun slí isteach agus amach na sluaite a éascú. Ag an tsochraid tugadh faoi deara go raibh an tseanmóir a dhá oiread níos faide ná mar ba ghnách. Agus gur caitheadh a dhá oiread uisce coisricthe ar an gcónra. D'oscail an sagart an dara leath den doras arís chun an chónra a ligean amach chun na reilige. Faoi cheathair, dá bhrí sin, a osclaíodh an dara leath den doras an bhliain sin.

Tháinig ceathrar mac an fhir mhairbh ó na ceithre hairde agus d'iompair siad an chónra go dtí an uaigh. Theastaigh ceathrar eile chun cúnamh a thabhairt dóibh. De bharr gealltanais airgid a chuir an ceathrar sin a nguaillí faoin gcónra. Níl a fhios an de bharr gealltanais airgid a d'iompair na mic an chónra, nó ar dhualgas clainne é.

Bhí a dhá oiread daoine ag an adhlacadh ná mar a bheadh súil leis, fear é nach raibh mórán aithne ag an bpobal air, ná aige orthu. Ní mé ar íocadh iad, nó ar le teann fiosrachta a tháinig siad.

Uaigh II

Nuair a tháinig mise chun an bhaile seo bhí fear tar éis bás a fháil. Fear a raibh fuath ag gach duine dó, a raibh gangaid i mbéal gach duine a labhair faoi.

Níl uaigh domhain go leor chun a chorp a chaitheamh síos inti. Thochail siad síos faoi na sé troithe go dtí gur theastaigh

Graves

In the church, it was the priest himself who opened the other half of the big double door to let the coffin in. This is usually only done on Easter Sunday and on Christmas Day to ease the flow of the large crowds. At the funeral it was noted that the sermon was twice as long as usual. And that twice the usual amount of holy water was sprinkled on the coffin. The priest again opened the other half of the double doors to let the coffin out to go to the graveyard. Four times, therefore, the other half of the double door was opened that year.

The dead man's four sons came from all arts and parts to carry the coffin to the graveyard. Another four were needed to help them. Those four put their shoulders under the coffin on the promise of money. It is not known whether the sons carried the coffin because payment was promised or due to family obligations.

There were twice as many people at the funeral as one would expect, for a man the community knew little of, nor he of them. I do not know if they were paid, or had come out of curiosity.

Grave II

When I arrived in this town a man had just died. A man whom everyone hated, a man of whom no-one had a good word to say.

There is no grave deep enough to throw his corpse in. They dug down well below six feet until the gravediggers needed a ladder

dréimire chun na reiligirí a ligean síos agus aníos. Roimh i bhfad ní raibh dréimire fada go leor le fáil. Agus ní raibh aon mhaith le sluaistí. Piocóidí, oird agus siséil a úsáidtear anois. Bíonn foireann ag obair ann ó mhaidin go hoíche. Teastaíonn lampaí. Tá caidéal ann chun uisce a tharraingt aníos. Caidéal eile chun aer a ligean síos. Os cionn an phoill tá gléas mór adhmaid le rópaí ag rith ar rothaí miotail chun na hoibrithe a ligean síos agus aníos.

Tá droch-chaoi ar an reilig. Seanbhuicéid phollta caite thart, barraí rotha briste, maidí adhmaid, páipéir ó lón na n-oibrithe. Na cosáin ina bpuiteach ag an oiread sin daoine a thagann chun an obair a fheiceáil. Locháin uisce ar gach taobh. In aice leis an uaigh tá cnocán mór cré agus smionagair atá á scaipeadh ar fud na reilige ag cosa na ndaoine. Tá an chré agus an smionagar seo le feiceáil ar urlár an tséipéil fiú, mar bíonn sé de nós ag na daoine cuairt a thabhairt ar an reilig sula dtéann siad ar Aifreann. Tuigtear go nglanfar an salachar seo uile nuair a bheidh an uaigh críochnaithe. Agus, freisin, gortaítear daoine ó am go chéile. Bristear cos nó lámh. Thit balla na huaighe síos agus plúchadh duine. Bhuail taom croí seanoibrí. Sciorr gasúr isteach san uaigh agus maraíodh é.

Uair nó dhó d'fhiafraigh mé cén drochrud a rinne an fear atá le cur san uaigh. Dúradh liom gur fear é a chuir a mhallacht ar mhuintir an bhaile ar leaba a bháis. Cén fáth? Mar go raibh an dearg-ghráin aige orthu. Cén t-údar a bhí aige? Ach chuir an cheist an oiread sin oilc ar dhaoine nár chuir mé na ceisteanna eile a d'eascair ó na freagraí éagsúla a tugadh dom. Ní bhaineann sé liomsa ar aon nós. Is strainséir mé.

to get up and down. Before long there was not a ladder to be had that was long enough. And shovels were useless. Picks, sledge-hammers and chisels are used now. A team works there from dawn until dusk. Lamps are needed. There is a pump to draw up the water. Another pump to bring air down. Above the hole, there is a big wooden contraption with ropes turning on metal wheels to carry the workers up and down.

The graveyard is in a bad way. Old buckets with holes in them thrown about, broken wheelbarrows, bits of wood, paper from workers' lunches lie around. The paths are churned into mud by all the people who come to see the work. Pools of water everywhere. Beside the grave there is a big mound of clay and debris which is carried all over the graveyard on people's shoes. You can even see this clay and debris on the floor of the chapel, as people usually visit the graveyard before they go to mass. It is understood that all this mess will be cleaned up once the grave is finished. And people are hurt from time to time too. An arm or a leg is broken. The walls of the grave collapsed and someone was suffocated. An old worker had an heart attack. A boy slipped and fell into the grave and was killed.

Once or twice I asked what terrible deed the man who is to be buried in the grave had done. I was told he was a man who had cursed the town on his death-bed. Why? Because he detested them. What reason did he have? But that question annoyed people so much that I did not ask the questions which arose from the various answers I was given. It has nothing to do with me anyway. I am a stranger.

Uaigheanna

Sa teach tábhairne gach oíche seinnim le ceoltóirí an bhaile. Tá meas ar an gceol sa bhaile seo agus tá maireachtáil ag mo leithéidse ann dá bharr. Cúpla scilling ag deireadh na hoíche ó fhear an tí, cúpla pionta agus gan orm lámh a chur i mo phóca. Tugaim faoi deara nach mbíonn ar an mbúistéir lámh a chur ina phócasan ach an oiread, go gceannaítear deoch dó i gcónaí. Deirtear liom go bhfuil cónra an fhir coinnithe ina reoiteoir, agus drogall ar dhaoine dá bharr feoil a cheannach uaidh, a ghnó tite siar go mór. Bíonn sé ag ól ó thus na hoíche. Déarfainn go n-ólann sé an iomarca. Is minic a chonaic mé daoine á iompar abhaile.

Gach oíche, tar éis dúinn seinm ar feadh tamaill, sroicheann muid an tráth áirithe sin nuair a bhíonn an ceol ag rith chomh líofa ónár méara go stoptar gach comhrá, go mbioraítear gach cluas, go ndífhócasaítear gach súil – gach oíche agus an ceol ag obair ar chosa na ndaoine ina seasamh ag an gcuntar, an tráth sin den oíche sroichte agus fear nó bean ar tí léim amach i lár an urláir chun geábh fiáin damhsa a dhéanamh – ansin tagann na hoibrithe isteach ón reilig. Tiontaíonn na héisteoirí uainn agus cruinníonn siad timpeall orthu. Brúchtann an nimh i gcroí gach duine. Ní bhíonn ach eascainí agus mallachtú le cloisteáil ar gach taobh.

Tá tamall maith le caitheamh fós sula bhféadfaidh muintir an bhaile seo dearmad a dhéanamh ar an mallacht a cuireadh orthu.

Graves

I play with the town's musicians in the pub every night. People value music in this town and so the likes of me can make a living here. A few shillings at the end of the night from the landlord, a few pints and I do not have to put my hand in my pocket. I notice that the butcher does not have to put his hand in his pocket either, that a drink is always bought for him. It is said that the man's coffin is kept in his freezer, and people are afraid to buy meat from him, so his business is suffering badly. He starts drinking early in the evening. I would say he drinks too much. I have often seen people carry him home.

Every night after we have played for a while, we reach that point where the music is flowing so readily from our fingers that all the talk stops, each ear pricks up, each eye loses focus – every night, when the music affects the feet of those standing at the bar, that time of night has arrived when a man or a woman is about to leap out on the floor to do a wild dance – that is the point at which the workers come in from the graveyard. The audience turns away from us and they gather around them. Venom wells in each and every heart. There is nothing to be heard anywhere but cursing and swearing.

It will be a long time before the people of this town will be able to forget the curse that was put on them.

Uaigh III

Bhí deich raidhfil sa teach nuair a thosaigh na saighdiúirí ag déanamh fáinne timpeall ar an mbaile. Chuala muid go raibh siad ag cuardach na bhfeirmeacha ar an imeall, na cróite, na sciobóil, na garraithe. Go raibh go leor daoine tógtha acu, gur thug siad drochbhualadh do chuid eile.

Chuir muid fios ar an dochtúir. Míníodh an scéal dó. Dá mbéarfadh na saighdiúirí ar na raidhfilí ní muide amháin a thógfaí ach leath an bhaile. Go mbeadh na céadta saighdiúir anseo roimh dhorchadas. Dhófaí tithe. Chéasfaí ógánaigh. D'éigneofaí mná. Shínigh sé teastas báis mo sheanathar.

Chuir muid fios ar an sagart. Dúradh leis gur fritheadh mo sheanathair marbh sa leaba ar maidin. Rinne sé comhbhrón linn uile agus chuir sé an ola dhéanach air. Bhí orainn uile cuma an bhróin a chur orainn féin. Cé gur dheacair é b'easca é i gcomparáid leis an gcuma bháis a chuir mo sheanathair air féin sa leaba.

Fuair muid cónra. Chuir muid na raidhfilí isteach inti. Os a gcionn luigh mo sheanathair tar éis é féin a bhearradh agus a ghléasadh ina chulaith Dhomhnaigh. Cheannaigh muid beoir agus fuisce. Thosaigh na comharsana ag teacht. Bhí tórramh ann.

Tháinig na saighdiúirí ansin. Chuardaigh siad an teach ó bhun go barr, sna cófraí, faoi na cairpéid, thuas san áiléar. Tógadh ainm agus uimhir gach duine. Scrúdaíodh an teastas báis. Ghoid siad airgead a bhí thíos i gcrúiscín, rásúr ón seomra folctha,

Grave III

There were ten rifles in the house when the soldiers began to surround the town. We heard that they were searching the farms at the edge of town, the sties, the barns, the fields. That they had lifted a lot of people, that they had badly beaten others.

We sent for the doctor. We explained the story to him. If the soldiers found the rifles not only would we be arrested but so would half the town. That hundreds of soldiers would be here before nightfall. Houses would be burned. Young men would be tortured. Women would be raped. He signed my grandfather's death certificate.

We sent for the priest. He was told that my grandfather had been found dead in his bed that morning. He commiserated with all of us and he gave him the last rites. We all had to look as though we were sad. Although it was difficult it was easy in comparison to the way my grandfather pretended to be lying dead.

We got a coffin. We put the rifles into it. My grandfather lay on top of them once he had shaved and dressed in his Sunday suit. We bought beer and whisky. The neighbours started to arrive. We had a wake.

The soldiers came then. They searched the house from top to bottom, the cupboards, under the carpet, in the attic. Everyone's name and number were taken. The death certificate was examined. They stole money which had been hidden in a jug,

fáinne ó sheomra leapa. D'ól siad an fuisce agus d'imigh faoi dheireadh gan an chónra a chuardach.

D'éirigh linn a áitiú ar na comharsana imeacht ar a trí ar maidin. Chuir muid glas ar na doirse agus bhí ceiliúradh beag againn as an mbuille a bhuail muid ar an namhaid. Líonadh gloiní dúinn uile agus d'ól muid sláinte a chéile cruinnithe timpeall ar an gcónra a raibh mo sheanathair ina shuí inti agus straois air go dtí an dá chluais.

Ar maidin chuaigh mo sheanathair i bhfolach faoin leaba agus d'iompair muid an chónra amach go dtí an carr tórraimh. Tugadh go dtí an séipéal í agus dúradh an t-Aifreann an lá céanna. Adhlacadh an chónra, agus na raidhfilí istigh inti. Ar ais sa bhaile nach muid a bhí bródúil as mo sheanathair agus as an íobairt a rinne sé? Ach thuig muid nach saol suaimhneach a bheadh aige as sin amach.

Ní raibh muid féin ar ár suaimhneas nó gur éirigh linn mo sheanathair a aistriú amach ón mbaile. Cuireadh é go dtí an chathair ar an taobh eile den tír. Áit nach dtugtar faoi deara é i measc na sluaite. Áit a bhfuil daoine atá báúil leis an ngluaiseacht, a chuireann tithe sábháilte ar fáil dó.

Ní fhaca mé mo sheanathair ó shin. Ach d'éirigh le mo mháthair dul ar cuairt chuige an tseachtain seo caite. Dúirt sí go bhfuil an-imní air. Nach bhfuil an tsláinte go rómhaith aige. Go bhfuil an baol ann go dtitfidh sé i laige ar an tsráid, go bhfaighidh sé bás i measc an tslua. Go n-aithneoidh na húdaráis a chorp. Na méarloirg, na fiacla, DNA. Nach bhfuil an t-eolas ar

a razor from the bathroom, a ring from the bedroom. They drank the whisky and they left at last without searching the coffin.

We managed to persuade the neighbours to leave at three in the morning. We locked the doors and had a little celebration of the blow we had struck against the enemy. Glasses were filled for us all and we drank each other's health as we gathered around the coffin in which my grandfather was sitting with a big wide grin on his face.

In the morning my grandfather hid under the bed and we carried the coffin out to the hearse. It was taken to the chapel and the mass was read the same day. The coffin was interred with the rifles in it. How proud we were, back at home, of my grandfather and the sacrifice he had made. But we understood that he would not have an easy life from then on.

We were not at ease ourselves until we had managed to move my grandfather out of the town. He was sent to the city at the other side of the country. Where he is not noticed among the crowds. A place where people are sympathetic to the movement, who provide safe-houses for him.

I haven't seen my grandfather since then. But my mother managed to go and see him last week. She said he is worried. That he is not in good health. That there is a danger he will collapse in the street, that he will die amidst the thronging masses. That the authorities will identify his corpse. His fingerprints, his teeth, his DNA. Is all this information not on the computers?

fad ar na ríomhairí? Gabhfar muid uile. Gabhfar an dochtúir. An sagart. Dí-adhlacfar an chónra agus aimseofar na raidhfilí.

Tá imní orainn uile anois. Deir m'athair gurb é an t-aon seans atá againn anois go mbeidh saoirse bainte amach ag an tír sula n-éagann mo sheanathair. Ansin féadfaidh muid na raidhfilí a dhí-adhlacadh agus iad a thaispeáint don bhaile ar fad mar fhianaise go ndearna muid ár gcuid ar son shaoirse ár dtíre.

Uaigh IV

Bhí fear óg ar an mbaile seo a chuir lámh ina bhás féin. Le tamall roimhe sin bhíodh sé i gcónaí ag caitheamh anuas ar shaol agus ar shaothar na ndaoine. Díomhaoin a bhíodh sé féin, gan é sásta obair ar bith a dhéanamh, dul chun cinn sa saol.

Cén mhaith bheith ag obair? a deireadh sé. Cén mhaith pósadh, gasúir a thógáil, obair ó mhaidin go hoíche chun greim a chur faoin bhfiacail? Cén mhaith an saothrú beatha seo uile nuair nach bhfuil i ndán dúinn ar deireadh ach an uaigh? Cén mhaith bheith beo? Cén mhaith leanúint ar aghaidh? Ar mhaithe le beagán spraoi, gáire croíúil anois is arís, áthas meandar?

Ní mórán airde a thug muid air. Ach luigh a bhás go trom orainn uile. Chuimhnigh gach duine ar a raibh ráite aige. De réir a chéile scaip galar ar fud an bhaile. Dá bhfeictí tarracóir ar a bhealach suas go dtí an portach ní bhreathnaítí isteach i súile an tiománaí. Cén mhaith? a deireadh muid. Dá bhfeictí cúpla duine ag fanacht leis an mbus chun dul soir chuig an monarcha

Graves

We will all be arrested. The doctor will be arrested. The priest. The coffin will be disinterred and the rifles will be found.

We are all worried now. My father said that the only chance we have now is that the country will be liberated before my grandfather dies. And that we could exhume the rifles then and show them to the town as evidence that we have done our bit for the freedom of our country.

Grave IV

There was a young man in this town who committed suicide. For quite a while beforehand he was continually finding fault with the life and works of the people. He was himself unemployed, unwilling to do any work or to get ahead in life.

What is the point in working? he would say. What is the point of getting married, raising children, working from dawn until dusk simply to fill one's stomach? What is the point of all this effort if all we are facing in the end is the grave? What is the point of living? What is the point of keeping going? For the sake of a little enjoyment, a hearty laugh now and then, for a passing pleasure.

We paid him little attention. But his death affected us all deeply. Everyone remembered what he had said. By and by a disease spread throughout the community. If a tractor was seen on its way to the bog no-one would look the driver in the eye. What is the point? we would say. If people were seen waiting for the bus to go to the factory in the morning people would bow their

ar maidin chromtaí cloigeann. Cén mhaith? Claí a bhí tite inné atógtha inniu. Cén mhaith? Mhéadaigh an galar. Stop na tarracóirí ag dul suas is anuas. Níor stop an bus ag bun an bhóithrín níos mó. D'imigh beithígh ar strae ó gharraí go garraí.

Ach fuair muid leigheas ar an ngalar seo. Ní hé gur tháinig muid ar fhreagraí ar na ceisteanna faoi fhiúntas na beatha.

Gach uair a fhaigheann duine bás ar an mbaile seo déanann muid uaigh a thochailt. Ach ní sa reilig. Na reiligirí atá fostaithe lena aghaidh a dhéanann an uaigh sa reilig. An uaigh ina gcuirtear an chónra leis an duine marbh istigh inti.

Ach uaigh in áit eile ar fad. Áit ar bith ar an mbaile seo. I ngarraí ar chúl tí, ar thaobh an bhóithrín, ar chnocán ag barr an bhaile, i lár an chriathraigh, thuas in uaigneas an phortaigh.

Nós é atá tosaithe le blianta beaga anuas. Faigheann duine bás. Brón. Tórramh, Aifreann na Marbh. Sochraid. Adhlacadh in uaigh sa reilig. Díreach ina dhiaidh sin téann muid ar ais abhaile. Tagann muid chugainn féin. Isteach sna gnáthéadaí arís. Fir, mná, cailíní, buachaillí, naíonáin, an corrmhadra, cruinníonn muid uile le chéile ansin. Le sluaistí agus le lánta siúlann muid thart faoin mbaile. Déanann muid suíomh a roghnú agus ansin an uaigh a thochailt. Agus cros a chur uirthi le hainm an duine mhairbh agus thíos faoi, beagán at chlé, a lá breithe.

Ar an gcaoi sin má thosaíonn an galar ag scaipeadh arís ní gá dúinn ach cuairt a thabhairt ar an uaigh. Seasamh ansin os a

heads. What is the point? A boundary wall that fell yesterday was rebuilt today. What was the point? The disease continued to spread. The tractors stopped going up and down. The bus did not stop at the lane anymore. The animals roamed from field to field.

But we found a cure for this disease. Not that we discovered answers to the questions about the value of life.

Every time someone dies in this town we dig a grave. But not in the graveyard. The gravediggers who are hired for that purpose dig the graves in the graveyard. The grave into which the coffin containing a dead person is placed.

But a grave in another place altogether. Anywhere in this town. In a garden at the back of a house, beside a lane, on a hillock at the top of the town, in the middle of marshy land, up in the lonely bog.

It is a custom which has built up over the past number of years. A person dies. Sadness. A wake, the Mass for the Dead. A funeral. Burial in a grave in a cemetery. Right after that we go home again. We recover. Back into our normal clothes again. Men, women, girls, boys, children, the occasional dog, we gather together again. With shovels and spades we walk around the town. We choose a site and then we dig a grave. We put a cross on it with the dead person's name on it and below it and a little to the left, his date of birth.

In that way if the disease begins to spread again we only have to visit the grave. Stand over it and look down into the empty void

cionn, breathnú síos i bpoll folamh an bháis. Breathnú ar an gcros, ar an lá breithe, ar an spás folamh ar an taobh eile. Spreagann sé chun oibre muid, dul suas ar an tarracóir arís, dul ar ais chuig an monarcha ar maidin, an claí leagtha a atógáil.

Sin é. Uaigh. Ar nós nach bhfuil na mairbh ach imithe uainn, nach bhfuil siad básaithe go fóill. Ach go bhfuil uaigheanna folmha réitithe faoina gcomhair ar aon chuma.

Uaigh V

Murdaróirí muide. Déanann muid daoine a mhurdaráil le gunnaí, le sceana, le rópaí, le clocha. Ní dhéanann muid aon iarracht an murdar a cheilt. Fágann muid an duine ina luí marbh agus uirlis a scaoilte, a sháite, a thachta, a bhuailte caite ar an talamh in aice leis. Is gearr go dtagtar ar an gcorp. Cuirtear fios ar na póilíní. Tosaítear ar an bhfiosrúchán, déantar scrúdú iarbháis, ceistítear finnéithe, bailítear an fhianaise.

I gcónaí gabhtar an duine a rinne an murdar. Cúisítear é. Cuirtear ar a thriail é. Ciontaítear é. Agus ar deireadh crochtar é.

In uaigh gan chros gan chónra i reilig na murdaróirí ar imeall an bhaile a chuirtear an corp. Ach ag meán oíche déanann muid an uaigh a fholmhú agus an corp a dhí-adhlacadh. Faoi choim na hoíche iompraíonn muid an corp trí na cúlsráideanna. Bíonn cuid againn ag faire ag ceann na sráideanna, réidh le comhartha a thabhairt má fheictear aon duine. Dreapann muid thar an mballa mór agus isteach linn i reilig an bhaile. Aimsíonn muid

of death. Look at the cross, at the date of birth, at the empty space on the other side. That encourages us to work, get up on the tractor again, go to work in the factory in the morning, rebuild the fallen ditch.

That is it. A grave. As if the dead had simply left us, that they're not yet dead. But that empty graves are ready for them anyway.

Grave V

We are murderers. We murder people with guns, with knives, with ropes, with stones. We make no effort to conceal the murder. We leave the murdered person lying on the ground, with the weapons which shot, knifed, choked or beat him thrown on the ground beside him. The body is soon discovered. The police are sent for. The investigations begin, a post-mortem is performed, witnesses are questioned, information is gathered.

The person who committed the murder is always caught. He is charged. He is tried. He is convicted. And in the end he is hanged.

The corpse is buried in a grave without a cross or a coffin in the murderers' plot at the edge of town. But at midnight we dig up the grave and remove the corpse. Under the cloak of night we carry the corpse through the back streets. Some of us wait at the end of the streets ready to give the signal if we see anyone. We climb over the big wall and drop down into the town's graveyard. We find the grave of the person who had been

uaigh an duine a murdaráladh. Go ciúin, tosaítear ar obair na sluaistí. Tógann muid an corp amach as an gcónra agus leagann muid corp ár gcomhghleacaí isteach inti. Líonann muid an uaigh arís, scuabann an chré isteach ó gach taobh, cuireann ar ais na bláthfhleasca, glanann gach lorg coise. Ar ais ansin leis an gcorp eile go reilig na murdaróirí, áit a gcaitheann muid síos é san uaigh a d'fholmhaigh muid ag mean oíche. Athlíonann muid í, ar an airdeall i gcónaí ar fhaitíos go bhfeicfí muid.

Ní gá a bheith chomh cúramach sin, is dócha. Ní thugtar mórán airde ar na mairbh sa bhaile seo. Ach tá lá amháin sa bhliain a dtugann formhór mhuintir an bhaile seo cuairt ar na huaigheanna.

Ar an lá sin tagann cuid díobh chuig reilig na murdaróirí. Breathnaíonn siad síos sna huaigheanna gan chros agus bíonn trua acu don té atá curtha ann. Labhraítear faoin maithiúnas. Faoin trócaire. Deirtear paidreacha ar son na marbh.

Ní róshásta a bhíonn an chuid eile den bhaile faoin iompar seo. Ar an lá céanna tugann siad cuairt ar reilig an bhaile. Baineann siad an luifearnach ó uaigheanna na ndaoine a murdaráladh. Cuireann siad bláthfhleasca nua ann. Breathnaíonn siad síos sna huaigheanna agus bíonn trua acu don té atá curtha ann. Labhraítear faoin dlí. Faoi chor in aghaidh an chaim. Deirtear paidreacha ar son na marbh.

Bíonn muide i láthair ag reilig na murdaróirí. Labhraíonn muid faoin aiféala. Faoin náire. Gealltar crosa le hainmneacha orthu dúinn, go gcuirfear cónraí ar fáil, fiú go gcuirfear deireadh le pionós an bháis ar fad.

murdered. Silently, the spade-work begins. We take the body out of the coffin and we put our comrade into it. We fill the grave again, we brush the clay in from all sides, we put the wreaths back, we eliminate every footprint. Back to the murderers' plot with the other corpse, where we throw it down in the grave we emptied at midnight. We refill it, always keeping a sharp eye out in case we would be spotted.

There is probably no need to be so careful. Little attention is paid to the dead in this town. But there is one particular day when most of the townspeople visit the graves.

On that day some of them visit the murderers' plot. They look down at the graves without crosses and they feel sorry for whoever is buried there. There is talk of forgiveness. Of mercy. Prayers are said for the dead.

The rest of the community is not too pleased with this behaviour. On the same day they visit the town's graveyard. They remove the weeds from the graves of those who were murdered. They put new wreaths on them. They look down at the graves and are sorry for those who are buried in them. There is talk of the law. Of repaying evil with evil. Prayers are said for the dead.

We are present at the murderer's plot. We talk about remorse. About shame. We are promised crosses with names on them, promised that coffins will be provided, even that the death penalty will be completely revoked.

Uaigheanna

Ar fhaitíos na díchreidiúna ní mór an méid seo a leanas a chur in iúl. Amanna, sula ndéanann muid an duine atá sáinnithe a mhurdaráil déanann muid dreas cainte. Míníonn muid córas na babhtála. Ar an gcaoi sin éiríonn linn, anois is arís, earcach nua a fháil. Mise, mar shampla, cé go n-áirítear i measc na murdaróirí mé, ní dhearna mé aon mhurdar fós. Seans nach ndéanfaidh go deo.

Uaigh VI

Ina stoirm a bhí sé nuair a díbríodh as an teach mór mé.

Shíl mé gur chóir bás a fháil díreach taobh amuigh den doras. Ionas go bhfeicfeadh duine de na huaisle mo chorp ar an mbealach amach ar maidin. Go n-iarrfaí mo shloinne, mo cheantar dúchais, mo mhuintir. Go mbeadh trua acu dom. Aiféala gur chaith siad amach mé. Náire. Go gcaithfidís níos fearr leis na searbhóntaí eile.

Shíl mé ansin gur chóir bás a fháil ar thaobh an bhóthair i mo cheantar féin. Ionas go bhfeicfeadh duine de mo mhuintir mo chorp ar maidin. Go n-inseofaí mo scéal mar eachtra i measc na n-eachtraí a d'fhanfadh i gcuimhne na ndaoine, go gcumfaí amhráin faoin éagóir, go gcaithfí smugairle amháin dímheasa ar thalamh ar shiúil duine de na huaisle air tamall gearr roimhe.

Shíl mé ansin gur chóir bás a fháil i lár na coille. Go dtiocfadh an mac tíre ar mo chorp ar maidin, go seasfadh sé os mo chionn agus go gcaoinfeadh sé os ard mé. Go dtiocfadh uasal agus íseal

Graves

Just in case there is any scepticism I had better explain the following. Sometimes, before we murder the person we have captured we have a bit of a talk. We explain the system of exchange. In that way we manage to get a new recruit now and then. I, for example, although I am counted among the murderers, have not committed a murder yet. Perhaps I never will.

Grave VI

I was expelled from the big house in a raging storm.

I thought I ought to die right outside the front door. So that one of the gentry would find my body on their way out in the morning. That there would be enquiries about my surname, where I came from, my people. That they might feel pity for me. Regret that they threw me out. Shame. That they would treat their other servants better.

Then I thought I should die on the side of the road in my own area. So that one of my people could find my body in the morning. That my story would be told as one of the tales which would survive in folk memory, that songs would be composed about the injustice of it, that someone would spit contemptuously, just once, on ground where one of the gentry had recently walked.

Then I thought I should die deep in the wood. That a wolf would discover my body in the morning, that it would stand above me and keen me loudly. That the high-born and low-

ar an láthair ag déanamh iontais den mhíorúilt. Go dtógfaí tuama mór do mo chorp a sheasfadh mar chuimhneachán de thús na ré nua ar feadh na gcéadta bliain.

Shíl mé ansin mo chual cnámh a tharraingt suas ar thaobh an tsléibhe go bhfaighinn bás as amharc i bpoll faoi sceach.

Ach gan mórán achair bhí sé ina mhaidin agus an ghrian ag scalladh. Fúm féin a bhí sé, éirí as an bpoll, an mac tíre a sheachaint, mo mhuintir a ghríosadh, post eile a fháil.

Uaigh VII

Bhí seanreilig phrotastúnach sa bhaile inar tógadh mise, a ndeirtí fúithi go raibh taibhse ann. Cóiste, agus fear gan chloigeann á stiúradh, a thagadh amach trí na geataí arda ar phointí a dó dhéag oíche ghealaí, a sciobfadh siúlóirí oíche leis agus nach bhfeicfí go deo arís iad.

Mar ghasúir, ba mhinic muid ag spraoi sa reilig tar éis na scoile. B'áit scanrúil í fiú i rith an lae, ach is cosúil gurbh 'in go díreach a mheall muid. Chuireadh sí reiligí na scannán uafáis i gcuimhne dúinn, shamhlaíodh muid na mairbh ag éirí san oíche, léimeadh muid amach as áit fholaigh chun geit a bhaint as a chéile. Cuireadh ruaig orainn cúpla uair ach ainneoin sin, agus ainneoin na cainte ar an mí-ádh a thitfeadh ar an té nach mbeadh ómós aige do na mairbh, ba é an reilig an t-ionad spraoi ab ansa linn.

Nuair a bhí mise agus deartháir níos óige liom inár ndéagóirí chuaigh muid suas ann ar a dó dhéag oíche ghealaí agus shiúil

born would come to that spot to wonder at such a miracle. That a great tomb would be built for my corpse which would stand for hundreds of years as a reminder of the beginning of a new era.

Then I thought I would haul this pile of bones up the side of the hill to die out of sight in some hollow under a thorn bush.

But in no time it was morning and the sun was shining. It was all up to me, to rise from the hole, avoid the wolf, inspire my people, get a new job.

Grave VII

There was an old protestant graveyard in the town where I was raised, which people said was haunted. A coach driven by a headless man would come out through the tall gates on the stroke of midnight on a moonlit night, steal away anyone who was out night-walking and they would never be seen again.

As children, we often played in that graveyard after school. It was a frightening place even during the day, but that was probably the very thing that attracted us. It would remind us of the graveyards in horror films, we would imagine the corpses emerging at night, we would jump out of our hiding places to scare each other. We were chased a couple of times but despite that, and despite all the talk of the bad luck that would befall anyone who did not respect the dead, the graveyard was the playground we liked best.

When a younger brother of mine were teenagers, we went up at midnight on a moonlit night, walked around the graves under

muid thart ar na huaigheanna faoi na crainn iúir, shuigh muid ar thuamaí na seanuaisle ag caitheamh *fags* agus ag ól *cider*.

Bhí uaigh amháin ann a raibh céimeanna síos lena taobh faoi leibhéal na talún, eidhneán ag fás go tiubh ar gach taobh, agus doras mór adhmaid ag an mbun le hinsí móra miotail, hanla agus poll eochrach. Bhí ceithre pholl bheaga sa doras seo, gach ceann i bhfoirm chroise. Agus muid óltach, thug mo dheartháir mo dhúshlán dul síos na céimeanna agus mo shrón a chur isteach trí cheann de na poill. Seandúshlán an mhí-áidh a bhí ann. Ar éigean, mar ghasúr, a shiúlfá an bealach ar fad síos na céimeanna i lár an lae ar eagla go n-osclófaí an seandoras romhat, go léimfeadh an fear gan chloigeann amach, go sciobfadh sé chun siúil ina chóiste thú. Is iomaí rith aníos ag screadfaí a dhéantaí. Is iomaí tromluí a bhíodh ar ghasúir faoin eachtra.

Dhiúltaigh mise an dúshlán agus shiúil mo dheartháir síos na céimeanna agus sháigh a shrón isteach sa pholl.

Ní de bharr go raibh eagla orm a dhiúltaigh mé an dúshlán. Dá n-iarrfadh sé orm dul síos, an doras a bhriseadh, siúl isteach sa tuama agus an áit a scriosadh dhéanfainn é le teann diabhlaíochta. Ach mar gheall ar gur rud páistiúil a bhí ann, pisreog na seanóirí a bhí fágtha i mo dhiaidh agam ag an am sin.

Fuair m'athair bás gan choinne an tseachtain ina dhiaidh sin. An tseachtain ina dhiaidh sin arís d'imigh mo dheartháir ón mbaile agus ní fhacthas ó shin é.

the yew trees, and sat on the tombs of the old gentry smoking fags and drinking cider.

Alongside one particular grave were ivy-covered steps which ran below ground level; at their base was a big wooden door with large metal hinges, a handle and a keyhole. This door had four small holes, each one in the shape of a cross. When we were drunk, my brother dared me to go down the steps and stick my nose through one of those holes. It was an old dare which brought bad luck. As a boy, you would hardly walk down the steps in the middle of the day in case the ancient door would open in front of you and the headless man would leap out and carry you away in his coach. Many's the time we ran up screaming. Many's the nightmare children had about this adventure.

I refused the challenge and my brother walked down the steps and stuck his nose through the hole.

I did not refuse the challenge because I was scared. If he asked me to go down and break the door, walk into the tomb and wreck the place, I would do it out of pure devilment. But because it was a childish thing and because by then I had set aside the superstitions of the old people.

My father died suddenly the following week. The following week my brother left home again and has not been seen since.

Uaigheanna

Uaigh VIII

Is mé fairtheoir oíche na reilige. Tá teachín taobh istigh de na geataí agus is ann atá cónaí orm. Tagann buachaill an tsiopa ar maidin agus tugaim liosta dó. Filleann sé ag am lóin leis an tsiopadóireacht. Bia agus deoch. Sin mar atá an saol agamsa. Saol na bhfuíoll é i gcomparáid leis an seansaol.

Tá gunna crochta ar an mballa agus cúpla bosca piléar istigh sa chófra in aice leis an teileafón soghluaiste. Tá fógra faoin ngunna agus uimhir theileafóin na bpóilíní scríofa air. Ach níor úsáid mé an teileafón riamh. Agus cé gur taispeánadh dom an chaoi a gcuirtear piléar isteach sa ghunna níor scaoil mé riamh é agus níl sé i gceist agam lámh a leagan air choíche, fiú. Ón taobh istigh, os comhair na fuinneoige, a dhéanaim faire na hoíche, na soilse múchta agus glas ar an doras.

Is áit gnóthach go leor í an reilig san oíche. Tagann na leannáin i ngreim láimhe ina chéile. Tógann siad bláthanna ó na huaigheanna agus bronnann siad ar a chéile iad. Amanna déanann siad collaíocht ar uaigh áirithe a bhfuil leac mhór os a cionn. Níos deireanaí san oíche a thagann na creachadóirí. Folmhaíonn siad na huaigheanna nua agus goideann siad fáinní, crosa, fiú éadaí na gcorp. Na coirp féin, fiú. Iad a dhíol leis an dochtúir, nó a thabhairt abhaile do na cúnna. Cúpla uair níor bhac siad leis an uaigh a athlíonadh agus bhí orm dul amach chun lorg a gcuid oibre a ghlanadh le mo dhá lámh. Amanna feicim na mairbh ag éirí, ag siúl thart ina dtaibhsí, ag fágáil na reilige, ag filleadh ar maidin.

Uair sa mhí tagann ionadaí an phobail ar cuairt chugam. Aon

Grave VIII

I am the graveyard's night watchman. There is a cottage inside the gates and that is where I live. The errand boy from the shop comes each morning and I give him a list. He returns at lunch time with the shopping. Food and drink. That is how life is for me. It is a life of plenty in comparison with my old life.

A gun hangs on the wall and there are a couple of boxes of bullets in the cupboard beside the mobile phone. There is a notice under the gun which has the police telephone number written on it. But I have never used the telephone. And although I had been taught how to load the gun, I have never fired it and I do not intend to ever touch it, even. From the inside, at the window, I carry out my night-watch, with the lights out and the door locked.

A graveyard is a busy enough place at night. Lovers come hand in hand. They take flowers from the grave and give them to each other. Sometimes they have sex on a particular grave which is covered by a big slab of stone. The pillagers come later in the night. They empty new graves and steal rings, crosses and even the corpses' clothes. Even the bodies themselves. To sell them to the doctor, or to bring them home for the dogs. A couple of times they did not even bother to refill the grave, and I had to go out and remove the traces of their work with my own two hands. Sometimes I see the dead rising, walking around as ghosts, leaving the graveyard, returning at dawn.

Once a month a community representative comes to see me.

rud as an ngnáth le tuairisciú? Tada, mar is gnách. Bíonn cathú
orm anois is arís gach a bhfuil feicthe agam a insint dó. Ach
níor mhaith liom aon stró a chur air. B'fhearr leis gan aon stró
a bheith air, ná ar an bpobal. Agus níor mhaith liom an post
seo a mhilleadh mar ní bhfaighidh mo leithéid, duine de
bhochtáin an bhaile, post ar bith eile. B'fhearr cúrsaí a
choinneáil ar a seansiúl don duine a fhostófar nuair a bhásóidh
mé, an duine a dhíonfar agus a bheathófar, an duine dearóil a
ndéanfar an conradh leis, a dtaispeánfar dó an chaoi a gcuirtear
piléar isteach sa ghunna, an chaoi a gcuirtear fios ar na póilíní.
An té a mbeidh sé d'ádh air uaigh a fháil mar thuarastal na
hoibre seo. Sea, uaigh leagtha amach d'fhairtheoir oíche na
reilige i gcomhair lá a bháis.

Sin atá uaim. An chinnteacht go bhfuil uaigh ag fanacht liom.
Is cuma faoi dhímheas na leannán, faoi shaint na ngadaithe, faoi
scian an dochtúra, faoi fhiacla na gcúnna. Ach go mbeidh leac
chuimhneacháin ar m'uaigh ionas nach ndéanfar dearmad go
raibh mé ann, m'ainm greanta uirthi, bliain mo bhreithe, bliain
mo bháis. Sea, fios gur mhair mé méid áirithe blianta. Is leor
dom é, agus sílim go gceapann an pobal gur leor dom é freisin.

Uaigh IX

Mise an reiligire. An chéad uaigh eile sa reilig seo níl cead agam
í a thochailt. Is í m'uaigh féin í. Sin an chúis nach ligfear dom
uaigh ar bith eile a thochailt. Tá muintir an bhaile an-
mhíshásta. Ach céard is féidir leo a dhéanamh? Mé a bhriseadh
as mo phost? Mo bhás a dheifriú? A mbás féin a chur ar ceal?

Graves

Anything out of the ordinary to report? Nothing, as usual. Now and again I am tempted to tell him about everything I have seen. But I would not like to worry him. He would prefer not to be worried, as would the community. And I would not like to make a mess of this position because the likes of me, one of the town's poor, will not get another job. I'd prefer to keep things as normal as possible for the person who will be employed when I die, the one who will be sheltered and fed, the wretched individual with whom the deal will be done, who will be shown how to load the gun, how to call the police. The one who will be lucky enough to get a grave as payment for this job. Yes, a grave is set aside for the graveyard nightwatchman for the day he dies.

That is what I want. The certainty that a grave is waiting for me. The irreverence of the lovers does not matter, nor does the greed of the thieves, the doctor's knife, the hounds' teeth. But that I will have a headstone on my grave so that it will not be forgotten that I existed, my name engraved on it, the year of my birth, the year of my death. Yes, the knowledge that I lived for a certain number of years. That is enough for me, and I think that the community also think that it is enough for me.

Grave IX

I am the grave-digger. I am not allowed to dig the next grave in this graveyard. It is my own grave. That is why I am not allowed to dig it. The townsfolk are highly indignant. But what can they do? Sack me from my job? Hasten my death? Defer their own death?

Uaigheanna

De réir a chéile a tháinig cúrsaí go dtí an staid seo.

Tharla sé lá nár thosaigh mé ag líonadh uaighe nuair a d'imigh lucht na sochraide. Thug an sagart faoi deara mé i mo sheasamh díomhaoin in aice leis an uaigh agus an tsluasaid crochta i mo lámha. Shiúil sé suas chugam. An tuirseach a bhí mé? Tinn? An tocht bróin a bhí orm i ndiaidh an duine a bhí básaithe? Líon mé an uaigh, cé gur go mall é.

An lá ina dhiaidh sin cheannaigh mé suíomh do m'uaigh féin sa reilig. Maith thú, a dúirt an sagart, ní mór a bheith fadbhreath-naitheach. Níl a fhios ag duine ar bith againn an uair.

Ansin thuig mé gurbh fhearr labhairt go hoscailte leis an sagart faoi mo chás. An oíche sin chnag mé ar a dhoras. Thug sé cuireadh dom dul isteach sa seomra suite ach d'fhan mé ar leac an tairsigh. D'inis mé dó céard a bhí ag cur as dom. Go raibh mé ag iarraidh m'uaigh féin a thochailt. D'iarr mé cead air.

Níor thaitin an achainí leis an sagart. Dúirt sé gur rud é an bás a thiocfadh gan choinne. Nach dtochlófaí m'uaigh go dtí tar éis mo bháis. Mhínigh mé dó go raibh blianta fada caite agam ag tochailt uaigheanna do mhairbh an bhaile. Agus, le cúnamh Dé, go mbeadh cúpla bliain fós le caitheamh agam ag tochailt uaigheanna do dhaoine a bhí faoi láthair ag siúl thart beo beathach. Ach anois go raibh mé ag iarraidh m'uaigh féin a thochailt. Ach ní bheadh sin ceart ná cóir, a dúirt sé. Níor ghnás dúinn é. Cheapfadh muintir an bhaile gur á maslú a bhí mé. Nach raibh meas agam ar an mbás. Nach raibh eagla orm roimhe.

An chéad uaigh eile a bhí le tochailt agam ní dheachaigh mé

Graves

Things came to this stage bit by bit.

It happened that one day I did not begin to fill the grave when the mourners left. The priest saw me standing idly by the grave, with the shovel slack in my hand. He walked up to me. Was I tired? Sick? Was I upset about the person who had just died? I filled the grave, albeit slowly.

The following day I bought a plot for my own grave in the graveyard. Well done, said the priest, it is necessary to plan ahead. No-one knows the time or the hour.

I understood then that it would be better to speak openly to the priest about my predicament. I knocked on his door that night. He invited me into his living room but I stayed on the doorstep. I told him what was bothering me. That I wanted to dig my own grave. I asked his permission.

The priest was not pleased with my request. He said that death was something that would come unannounced. That my grave could not be opened until after my death. I explained that I had spent many years digging the graves of the dead of town. And, with God's help, I still had a few years left to dig the graves of those who were at present alive and well. But that I wanted to dig my own grave now. But that would not be right or proper, said he. It was not our practice. The townspeople would think that I was insulting them. That I did not respect death. That I did not fear it.

The next grave I had to dig, I did not go down more than five

síos faoi na cúig troithe. Ba chosúil nár thug lucht na sochraide faoi deara é cé go raibh míchompord thar an mbrón le mothú ag an adhlacadh. Ina dhiaidh tháinig an sagart agus cara le muintir an mhairbh agus d'fhiafraigh siad díom cén fáth nach raibh an uaigh domhain go leor. Dúirt mé nár fhéad mé nuair nach raibh cead agam m'uaigh féin a thochailt. Mhínigh mé gach ar mhínigh mé don sagart cheana. Bhí mé ag súil go dtuigfeadh an duine eile agus go gcuirfeadh sé ina luí ar an sagart cead a thabhairt dom. Ach d'imigh sé gan focal a rá. D'fhan an sagart gur líon mé an uaigh. Thairg sé lámh chúnta dom, fiú.

Ceithre troithe a thochail mé don chéad uaigh eile. Rinne muintir an mhairbh gearán leis an sagart. D'impigh sé orm an uaigh a dhéanamh níos doimhne. Dhiúltaigh mé. Ina raic chogarnaí a bhí sé le linn an adhlactha. Tugadh gach drochainm dár chualathas riamh orm. D'fhan gach duine timpeall ar an uaigh go raibh sí líonta isteach agam.

Nuair a bhásaigh duine eile sa bhaile tháinig an sagart chuig mo theach agus fear óg in éineacht leis. Thug mé isteach go dtí an seomra suite iad. Cupán tae? Bhí sé in am dom éirí as an bpost, a dúirt an sagart liom. Dhiúltaigh mé éirí as. Dúirt sé go bhféadfainn an pá céanna a choinneáil go lá mo bháis. Dhiúltaigh mé. Thairg sé ardú pá dom. Reiligire an bhaile mé agus ní éireoinn as go bhfaighinn bás. An mbeinn sásta uaigh cheart a thochailt an iarraidh seo? Ní bheinn ag dul faoi na trí troithe. Mhínigh mé arís céard a bhí uaim. D'imigh an sagart amach agus fearg air. Ní dúirt an fear óg rud ar bith, níor bhreathnaigh sé orm, fiú, ach lean amach an sagart.

feet. It seemed that the mourners did not notice it, but a feeling of unease outweighed that of sorrow at the burial. Afterwards, the priest and a friend of the dead person's family came to me and asked me why the grave was not deep enough. I said I could not do it because I was not permitted to dig my own grave. I explained all that I had already explained to the priest. I hoped that the other person would understand and that he would persuade the priest to give me permission. But he left without saying a word. The priest stayed until I had filled the grave. He even offered to help me.

I dug down four feet for the next grave. The dead person's family complained to the priest. He begged me to make the grave deeper. I refused. The burial ceremony was a continuous frenzy of murmuring. I was called all the bad names under the sun. Everyone waited around the grave until I had filled it in.

When another person died the priest came to my house accompanied by a young man. I brought them in to the sitting room. A cup of tea? It was time I stood down from my post, the priest said to me. I refused to retire. He said I could have the same rate of pay until I died. I refused. He offered me a rise in pay. I am the town's gravedigger and I would not retire until I died. Would I be willing to dig a proper grave this time? I would not be going deeper than three feet. I explained once more what I wanted. The priest left and he was angry. The young man did not say anything, he did not even look at me, but followed the priest out.

Uaigheanna

Níl a fhios agam cár cuireadh an corp, má cuireadh. Corp ar bith níor tháinig chuig an reilig ó shin. Níl an sagart sásta labhairt liom. Seachnaíonn súile na seandaoine mo shúile féin.

M'uaigh féin, mar sin, an chéad uaigh eile a thochlófar sa reilig seo. Faraor ní mé a thochlóidh í, ach an fear óg sin a fheicim ó am go chéile ina shuí ar bhalla na reilige ag fanacht le mo bhás.

Graves

I do not know where the body was buried, if it was buried. No corpse has come to this graveyard since then. The priest is not willing to speak to me. Old people avoid eye-contact.

My own grave, therefore, will be the next grave to be opened in this graveyard. Alas, it is not me who will dig it but that young man I see from time to time sitting on the graveyard wall waiting for my death.

Nóta ar na téacsanna

Tá ceist an chaighdeáin ina hiaróg ag go leor, an dream ar mian leo a bheith chomh dílis agus is féidir do 'chaint na ndaoine' agus an dream ar mian leo cloí go docht leis an Chaighdeán. Tá athbhreithniú ar siúl san am i láthair ar Chaighdeán Oifigiúil 1958 agus tá go leor cainte déanta ar na féidireachtaí a bhaineann le caighdeán níos leithne agus níos oscailte a bheith in úsáid, go háirithe don scríbhneoireacht chruthaitheach. Ar ndóigh, bhí agus tá scríbhneoirí cruthaitheacha ag baint úsáide as leaganacha neamhchaighdeánacha riamh anall ar neamhchead don chaighdeán. Ní athrú scéil é ag bunús na scríbhneoirí sa chnuasach seo ach b'fhéidir ag Daithí Ó Muirí a bhaineann le glúin a tháinig chun méadaíochta go maith i ndiaidh chaighdeánú 1958.

Cuireadh bunús an tsaothair a roghnaíodh don bhailiúchán seo, diomaite de chuid saothair Uí Mhuirí, i gcló idir na 1920í agus na 1950í. Dá thairbhe sin bhí caighdeánú le déanamh ar théacs na scéalta lena gcur in oiriúint do léitheoirí an lae inniu. Ach sin ráite, cloíodh le roinnt leaganacha neamhchaighdeánacha; ina measc tá cuid de na seanfhoirmeacha sa tuiseal tabharthach, leaganacha canúnacha de na briathra neamhrialta, iolraí neamhchaighdeánacha. Tá bunús na leaganacha neamhchaighdeánacha agus a gcomhmhacasamhail sa ghluais ag cúl an leabhair.

Maidir leis na haistriúcháin is é an rud a chuir muid romhainn nó leagan Béarla a chur ar fáil atá dílis don téacs

Gaeilge ach amháin sna háiteanna sin a raibh an chontúirt ann nach n-iompródh aistriú lom litriúil ciall nó mothúcháin an scéil nó go mbainfí as faoi dul nádúrtha na teanga. Ar a shéala sin, tá súil againn go mbeidh an bailiúchán dátheangach seo ina áis ag daoine atá ag tarraingt ar an Ghaeilge athuair nó ag iarraidh feabhas a chur ar an Ghaeilge atá acu, nó acu siúd atá fiosrach faoi ghearrscéalaíocht na Gaeilge agus nach bhfuil sé d'acmhainn acu í á léamh sa bhunteanga.

RÓISE NÍ BHAOILL
AODÁN MAC PÓILIN

Nótaí ar na Scéalta agus Buíochas

An tSochráid Cois Toinne le Pádraic Ó Conaire

Foilsíodh an scéal seo sa chnuasacht *Cubhar na dTonn*. Measann Leabharlann Náisiúnta na hÉireann gur foilsíodh an leabhar seo thart ar 1924. Foilsíodh scéal le Ó Conaire darbh ainm "An Reilig Cois Mara, Pictiúr" in *The Free State* ar 25ú Márta 1922.

Ar an Tráigh Fholamh le Seosamh Mac Grianna

Foilsíodh an scéal seo den chéad uair ar *An tUltach* i mí na Nollag 1925 faoin teideal "An Tráth-Dheilbh", agus arís sa chnuasacht *An Grádh agus an Ghruaim* i 1929. Tá muid buíoch d'Éamonn Ó Baoighill as cead a thabhairt, ar shon eastát Sheosaimh Mhic Ghrianna, an scéal a athfhoilsiú. D'fhoilsigh Séamus Ó Néill aistriúchán eile ar an scéal seo in *Irish Writing*, Uimh. 33, 1955.

Grásta ó Dhia ar Mhicí le Séamus Ó Grianna

Foilsíodh an scéal seo den chéad uair sa chnuasacht *Cioth is Dealán* i 1926. Tá muid buíoch de Cló Mercier as cead a thabhairt an scéal a athfhoilsiú ón eagrán caighdeánta *Cith is Dealán* le Niall Ó Dónaill (1976). Tá leasú déanta againn thall is abhus ar théacs an eagráin sin. D'fhoilsigh Séamus Ó Néill aistriúchán eile ar an scéal seo in *Irish Writing*, Uimh. 33, 1955.

An Comhrac le Pádraic Ó Conaire

Foilsíodh an scéal seo sa chnuasacht *Beagnach Fíor* (1927).

An Beo le Liam Ó Flaithearta

Léigh Ó Flaithearta an scéal seo i nGaeilge ar Raidió Éireann ar 19ú Bealtaine 1946. Foilsíodh leagan Béarla den scéal in *Two Lovely Beasts and Other Stories* (Gollancz 1948), agus leagan Gaeilge in *Dúil* (Sairséal agus Dill 1953). Tá muid buíoch de Chló Iar-Chonnachta as cead a thabhairt an scéal a athfhoilsiú. Rinneadh leasuithe litrithe áirithe ar an leagan Gaeilge. Tá an leagan Béarla seo níos dílse don bhunGhaeilge ná leagan Uí Fhlaithearta.

An Chomhchosúlacht le Séamus Ó Grianna

Foilsíodh an scéal seo den chéad uair ar *Scéala Éireann*, 2ú, 3ú Meitheamh 1952, agus in *An Clár is an Fhoireann* (1955). Tá muid buíoch den Ghúm as cead a thabhairt an scéal a athfhoilsiú.

Uaigheanna le Daithí Ó Muirí

Foilsíodh an scéal seo in *Comhar* in Iúil 1999, agus sa chnuasacht *Uaigheanna agus Scéalta Eile* (Cló Iar-Chonnachta, 2002). Tá muid buíoch de Chló Iar-Chonnachta as cead a thabhairt an scéal a athfhoilsiú.

Gluais | Glossary

Nóta

De ghnáth, sna téacsanna Gaeilge, lean muid an litriú atá le fáil i bhfoclóir Gaeilge-Béarla Uí Dhónaill, leagain cheadaithe mhalairteacha san áireamh. Níl na leagain chanúnacha nó leagain stairiúla thíos le fáil sa chaighdeán mar a sheasann sé ag an phointe seo. Déantar neamhaird de chlaochluithe ar an chéad litir, ach sa chás go bhfuil seímhiú mar chuid dílis de bhunfhocail ar nós cha, bhéarfaidh, srl.

Note

In the Irish language texts, we have generally followed the spellings in Ó Dónaill's Irish-English Dictionary, including permitted variants. The following dialectical and historic forms are not in the current official standard. Words appear in the glossary without mutations on the initial letter, except in cases such as cha, bhéarfaidh, etc., where an aspirated initial is an integral part of the word.

Gluais | Glossary

A

abródh = déarfadh
achan = gach aon
aibhne = abhann *(gen.)*
aigneadh = aigne
airneál = áirneán
áiteacha = áiteanna
amharcódh =amharcfadh
apaidh = abaí
ar an gcreich = ar an gcreach *(dat.)*
ariamh = riamh
asaile = *gen.* of asal *(fem. form)*
athara = athar *(gin.)*

B

bainse = bainise *(gen.)*
báitheadh (dá mbaitheadh) = bá *(vb. n.)*
báitheadh = bádh *(aut.)*
bearn = bearna
bhéarfadh = thabharfadh
bhéarfainn = thabharfainn
bhéarfas = thabharfaidh
(a) **bhíos** = (a) bhíonn
bídh = bia *(gen.)*
bomaite = nóiméad
bréig = bréag *(dat.)*
buaidh = bua

C

caidé = cad é
casán = cosán
caslaigh = caslach *(dat.)*
ceilg = cealg *(dat.)*
céill = ciall *(dat.)*
cha / chan = ní
chan fhuil = níl

Gluais | Glossary

cleiteacha = cleití *(pl.)*
cloich = cloch *(dat.)*
cloisint = cloisteáil
cluais = chluas *(dat.)*
cluineann = cloisim
codaltach = codlatach
cois = cos *(dat.)*
comh = chomh
comráide = comrádaí
(i g)**Connachtaibh** = (i g)Connacht *(dat. pl.)*
corcair = corcra
craith = croith
cráthán = crothán
créafóig = créafóg *(dat.)*
creapalta = craplaithe
crobhnasc = cornasc
croidhe = croí
crois = cros
cruaidh = crua
cruinn = cruinnithe
cuartaigh = cuardaigh
cupla = cúpla

D

deifre = deifir
deineadh = rinneadh
deire = deireadh
deirg = dearg *(dat.)*
(a) **dhéanfas** = (a) dhéanfaidh
dhó = dó
dhóibh = dóibh
dhósan = dosán
dhuit = duit
dílinn = dílí *(pl.)*
dímúinte = dímhúinte
domh = dom

Gluais I Glossary

dórtadh = doirteadh
duisín = dosaen

E

eangaigh = eangach *(dat.)*
(a) **éireos** = (a) éireoidh

F

fá = faoi
fágaint = fágáil
fáras = áras
féacháil = fiacháil
feádhaim = fáithim
fearthanna = fearthainne *(gen.)*
féasóig = féasóg *(dat.)*
feiscint = feiceáil
foscladh = oscailt
fríd = tríd
fuinneoig = fuinneog *(dat.)*

G

ganntan = ganntanas
géabha = géanna
gheobhas = gheobhaidh
glaic = glac *(dat.)*
gliondáil = glinneáil
gnoithe = gnó
gnoithfidh = gnóthóidh
goilliúint = goilleadh
gréin = grian *(dat.)*
gríosaigh = gríosach *(dat.)*

I

iarrfad = iarrfaidh mé
instear = insítear
inteacht = éigin

iomramha = iomartha *(gen.)*

L
labhradh = labhraíodh
laetha = laethanta *(pl.)*
láimh = lámh *(dat.)*
leabaidh = leaba
leanacht = leanúint
leapan = leapa *(gen.)*
leic = leac *(dat.)*
leigheadh = leá
léithe = léi
ligean = ligint
ló = lá

M
malaidh = mala
marbhadh = maraíodh
méis = mias *(dat.)*
mnaoi = bean *(dat.)*
mónadh = móna *(gen.)*
mothachtáil = mothú
mullóig = mullóg *(dat.)*
mura = muna

N
(is) nuaidhe = (is) nua

O
oícheannaí = oícheanta

P
pianaigh = pian *(dat.)*
pingineacha = pinginí
pislíneacht = prislíneacht
pislíní = prislíní

Gluais I Glossary

pisreog = piseog
preátaí = prátaí
punta = punt

R
rabhas = raibh mé
ruball = eireaball
rúnaibh = rúin *(dat. pl.)*

S
sáitheadh = sá *(vb. n.)*
sáith = sáigh *(vb.)* (sháith sé = sháigh sé)
sáith = sá *(n.)* (mo sháith = mo shá)
sálaibh = sála *(dat. pl.)*
scaifte = scata
scratha = scraitheanna
seanbhaintrigh = seanbhaintreach *(dat.)*
seaspán = sáspan
sligeán = sliogán
slogan = slogadh
smalcadh = smailceadh
smaointigh = smaoinigh
smeacharnaigh = smeacharnach *(dat.)*
smúid = smúit
sompla = sampla
spúnóig = spúnóg *(dat.)*
sreamaide = sramaide
stracadh = stróiceadh
stróc = stróic
sulma = sula

T
tacach = tacúil
táir = tá tú
tairseach (leac an) tairsigh = leac na tairsí
taoibh = taobh *(dat.)*

163

Gluais I Glossary

tarrantach = tarraingteach
tchí = feic
(nach/go) dteachaigh = (nach/go) ndeachaigh
téada = téide *(gen.)*
téadracha = téada *(pl.)*
(nach) dtearn = nach ndearna
teasmhach = teaspach
teoladas = teolaíocht
thartha = tharstu
théid = téann
thríd = tríd
tigeadh = tagadh
tincléirí = tincéirí
tineadh = tine *(gen.)*
(a) thiocfas = (a) thiocfaidh
(a) thitfeas = (a) thitfidh
(a) thógfas = (a) thógfaidh
toirnigh = toirneach *(dat.)*
toiseacht = tosú
toisigh = tosaigh
tonntracha = tonnta
tráigh = trá
truaighe = trua
tumba = tuama

U
uilig = uile